ことばの果実

長田 弘

潮文庫

ことばの果実　目次

ことばの果実　9

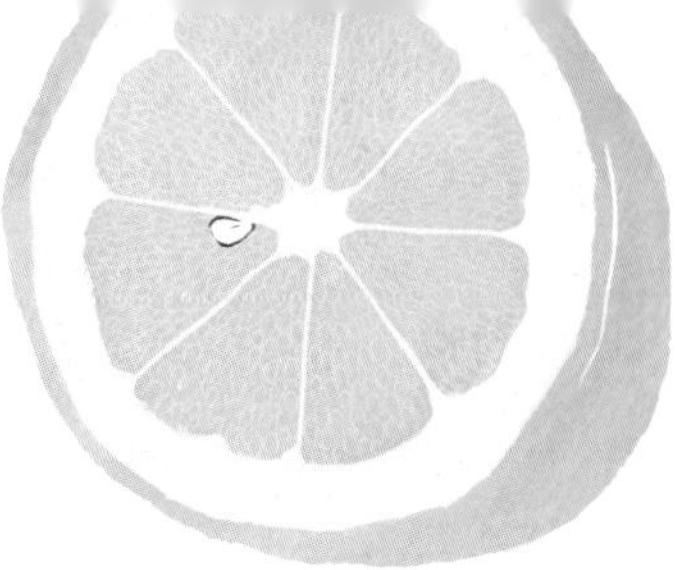

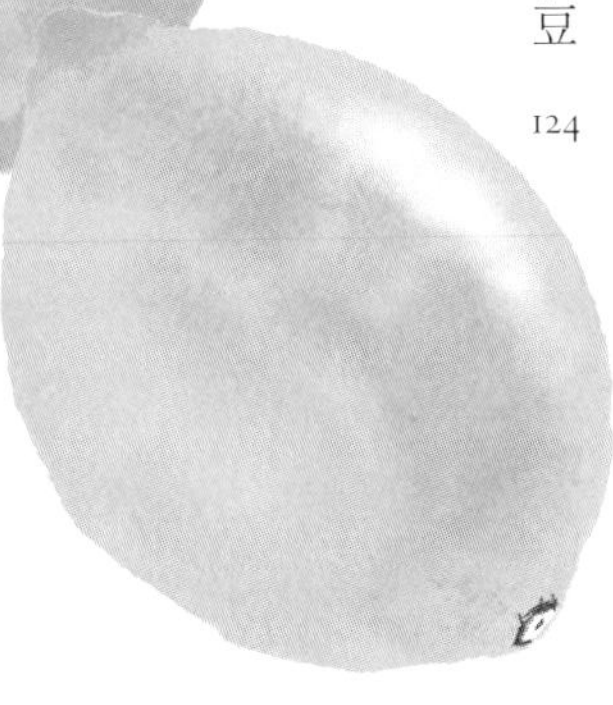

本書は2015年10月に小社より刊行された
単行本を文庫化したものです。

装丁・本文デザイン　金田一亜弥
装画・イラスト　松野美穂
編集協力　水野拓央（パラレルヴィジョン）

ことばの果実

ことばの果実

苺

苺《いちご》を一粒、左手の親指と中指で逆さに挿《はさ》んで、黙ってじっと苺を見つめていた。それだけの、ただ一瞬のこと。

早春、コーヒーハウスで、なにげなく目をあげて、視線の先に認めた、知らない若い女の人の、そのときの、その所作の印象が、そこだけ際立って、目に鮮明にのこっている。

信じられないのだが、それからもう、すでに、ざっと五十年ほどの日月が過ぎている。それでも、五十年前のそのほんの小さな記憶は、どうしてかいつまでも新しいままで、過ぎ去った時間の痕跡をとどめない。

苺が店にならぶ季節がくると、一粒の苺と、その苺を逆さにすっと挿んだ若い女の手の指の、清潔な記憶が、いつも春さきの風のように目の前をよぎるのだ。苺の季節には、苺のケーキ以上のものはないと思う。苺色した春の苺の、朝早くの大気のような味の明るさ。

春の日の午前、まだ人声の少ないカフェで、濃いエスプレッソコーヒーと、その店の、その日のつくりたての苺のケーキを頼んで、木のテーブルに座って、なにげなく目をあげたとき、時間がとまった。

店の奥のテーブルに一人、すっと背筋をのばした、きれいに歳をとった女の人がいた、そして、苺を一粒、左手の親指と中指で逆さに挿んで、黙ってじっと苺を見つめていた。

それだけの、ただ一瞬のこと。奇跡とはごくささやかなものだ。朝採りの苺一粒ほどの。

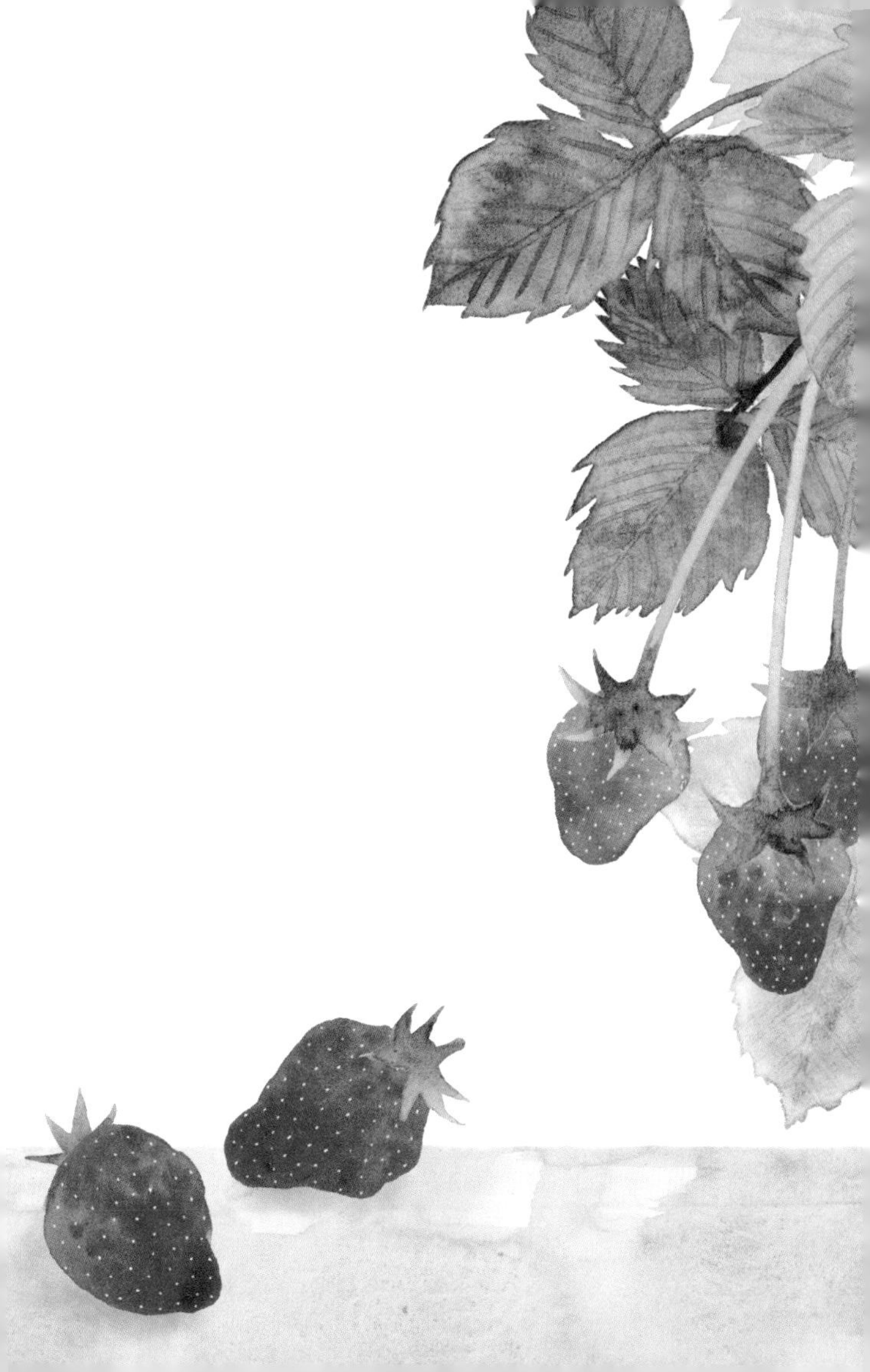

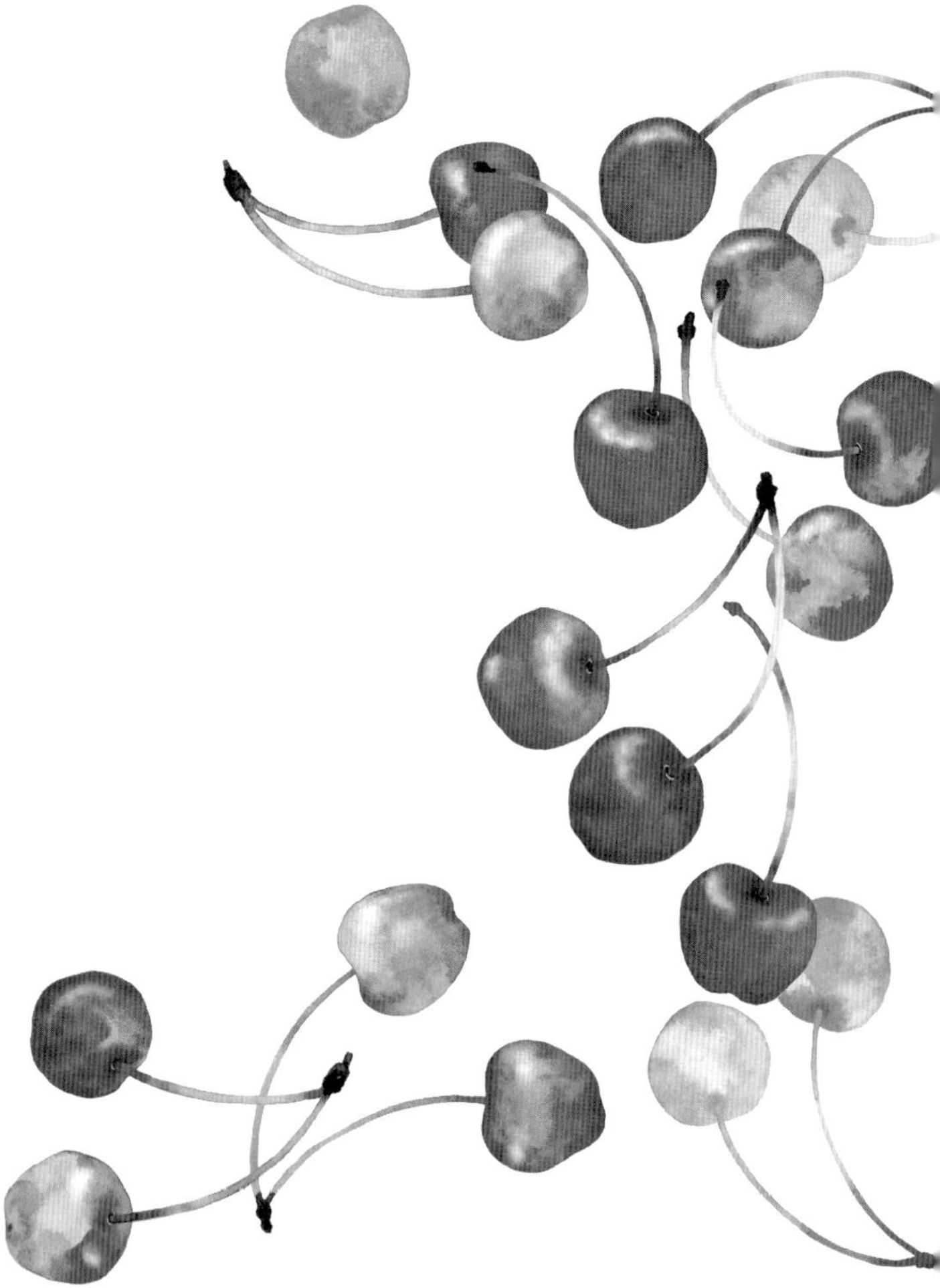

さくらんぼ

一本一本がとても大きく、幹は太く、黒ずんで、皺だらけ。そのくせ、枝々は脆《もろ》く、すぐぽきんと折れてしまう。全部で二、三十本くらいだったか、どの樹もよじるように身を曲げた、ひどく年老いた樹ばかりだった。

林や森でなく、そこは古くからのさくらんぼ畑だった。年老いた樹のならぶさくらんぼ畑には、毎日周りのどこよりも早く夕闇がやってくる。そして夜には、そこはどこよりも深い闇を集める真っ暗な怖い場所になった。

子どものころ、短い間、そのさくらんぼ畑のなかの家がわたしの家だった。新しい家に移るまで借りて住んだのだ。窓を開ける。するとそこが古い枝々の重なるさくらんぼ畑だった。ちょうどさくらんぼが実る季節だった。

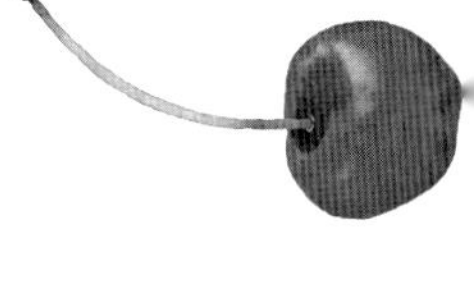

明け方になると、年老いたさくらんぼの樹々のあいだから、夜の闇が足音も立てずに立ち去った。夜に強い風が吹くと、朝の地面に、さくらんぼの実がばらばらに落ちていた。

落ちたさくらんぼは売れないので、子どものわたしたちのものだった。朝のさくらんぼ畑は、宝石箱をばらまいたみたいに輝いていて、番《つが》いのように二つ繋がったさくらんぼの実は、……息をのむほど端麗だった。

掌《てのひら》のなかで、朝の透明な光を、閃光のように弾《はじ》いていたさくらんぼの実。いまならわたしは、かつての子どものわたしに言ってやれるだろう。黒ずんで、皺だらけで、身をよじるようだった年老いた樹々が、これほどつややかな実をみのらせることができるなら、世界はまだ信じるにあたいするのだと。

甘夏

明るい日。スーパーマーケットの果物のコーナーいっぱいに、日の光を指先で掬《すく》ってまるめたような、やわらかな橙色《だいだいいろ》の甘夏《あまなつ》が無造作に、外の光の塊《かたまり》を積むように積みかさねられると、ああ、今年も明るい季節がきたのだと、気持ちが開かれる。

甘夏。酸味のつよい夏蜜柑《なつみかん》をやわらげて改良された、甘夏蜜柑が略されて、そうよばれる。そして、その甘夏という言葉のふくむ語感が、果物のすっきりと爽やかな味とあいまって、いい匂いのする独特の明るい季節感をはこぶ言葉のように、いつかなっている。

甘夏の季節がきた。弾《はず》むような心持ちから、ソフトボール大の甘夏を一個もとめ、掌でつつむようにして持ち、その感触を楽しみ、電車に乗り、都心のカフェで人に会い、話し、しばらく街を歩き、大きな公園の木々のあいだの小道をぬけ、日暮れて帰宅した日。

大きな甘夏を掌に持って歩いて、結局そのまま持って帰った日。甘夏の切ないような味の清明な秘密を知った。明るい孤独の味なのだ。人が一人でいることのできる孤独な場所と孤独な時間が、甘夏のような果物にとっては、第一になくてはならないものなのである。

甘夏をまるっぽのまま皮を剝《む》いて、一房一房食べる。ただそれだけのことが、実は一人でしかできないことだからだ。余言《よげん》なく、一人、黙々と、人の視線に妨げられず、無我に口にできてこその、きれいな味。孤独というのは本当は明るいのだ。甘夏を欲するとき、人は甘夏のくれる明るい孤独を欲している。

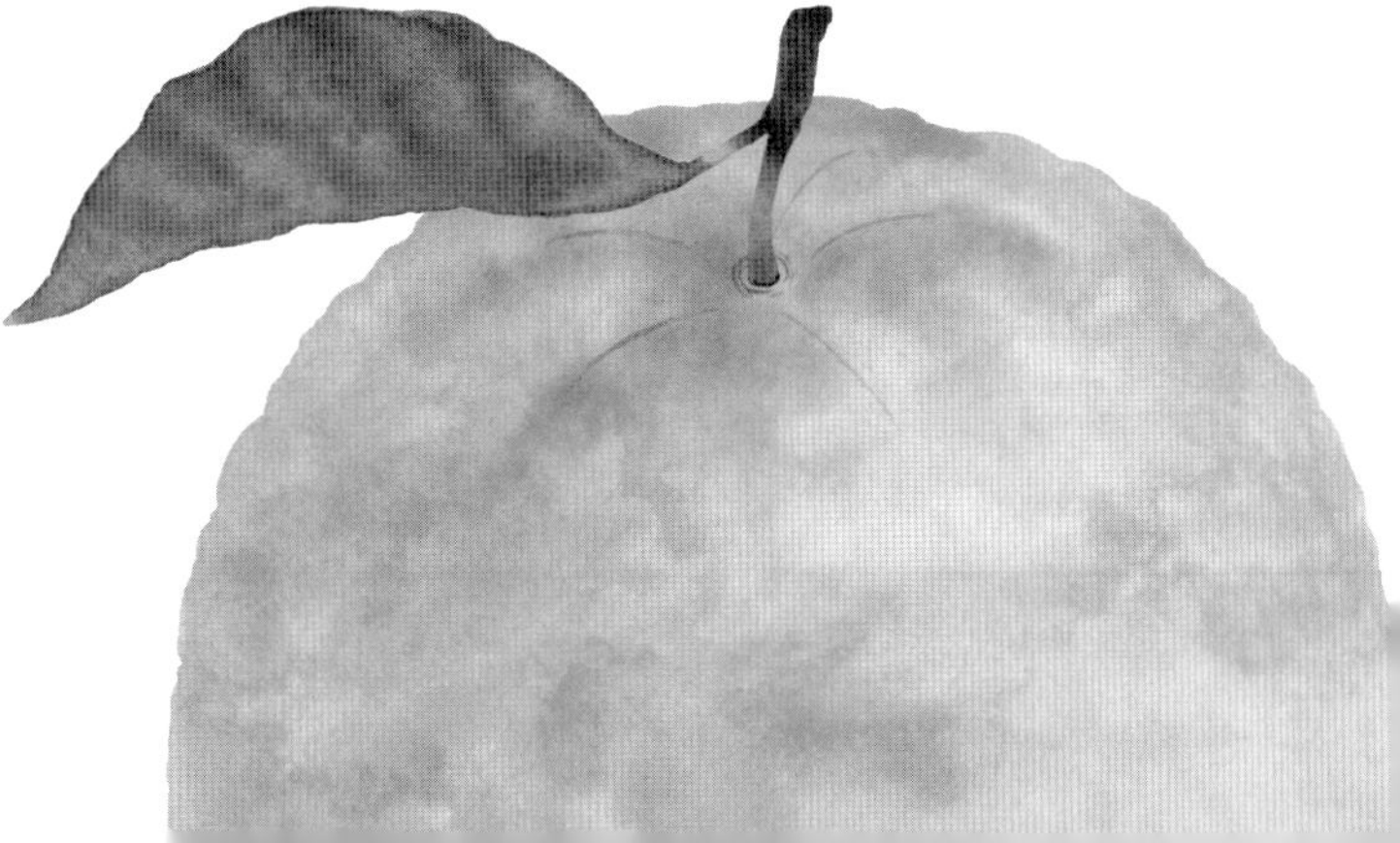

白桃

桃《もも》ということばは不思議だ。桃は遠く万葉集にもみられる古いことば。けれど、その桃は今日、桃ということばで思いうかべられる果実ではなくて、桃の木、桃の花のことだった。そうしていつか、花桃《はなもも》として、花の木として観賞されるようになったのが桃だった。

桃が桃の実をいうことばになるのは、維新後の明治の半ばを過ぎてのこと。水《すい》蜜桃《みつとう》とよばれるようになる桃が輸入され、栽培され、品種改良がすすんで、桃は、もう花桃でなくなって、白桃《はくとう》となって、日本の近代がみのらせたもっともおいしい果物の傑作になる。

夏目漱石の『三四郎』で、これから東京に行って大学に入る青年が、上京する

汽車のなかで、食べませんかと勧められて、一つ、また一つと水蜜桃を口にする。これから東京の大学に行く明治の青年が口にする、いわば日本の近代の味として描かれるのが、水蜜桃だ。

歳時記では、桃の花は春の季語。桃の実は秋の季語。ただ白桃以前に、桃の実を詠んだ句はない。桃の花を詠んだ句しかない。歳時記をひもとくと、気づく。二十世紀という歴史の季節の果物の光が、明るい影のように射しているのが、白桃というおいしい果物だ。

白桃を一つ、部屋に置くと、その独特の香りがしーんとひろがってくる。なにかしらさっと緊張が張りつめてくるような、甘美な香り。「さえざえと水蜜桃の夜明かな」（加藤楸邨《しゅうそん》）。「白桃に入れし刃先の種を割る」（橋本多佳子）。白桃がくれた秀句二つを思いだす。

スイカ

スイカは西瓜と書く。水瓜と書く。「西瓜。日本へは十六世紀渡来。ウォーターメロン（水瓜とも書かれる）」。辞書にはそう記されているが、西瓜と水瓜はどうちがうのか。

日本の西瓜は、バスケットボールの球のように真ん丸で、しっかりしていて、それでいてどこか陽気だ。けれど、水瓜であるウォーターメロンというのは、大きな枕のように横長で、人生の悲しみみたいにでかい。

ウォーターメロンは、日本ではほとんど見られない。北米フロリダの山間部を、車で一人で旅したときだった。森の中の小さな静かな町のスーパーの店先に、ぎっしりと高く積まれたウォーターメロンの山を見た。店で訊《き》いた。みんな買っていって、自家製のワインにするのだという思いがけない答えが返ってきた。

大好きな歌がある。信じるにあたいするような価値あるものが、十セント硬貨一個ほどにも価値あるものが、いったい人生にいくつあると思う？　夜ふけのバーで、年老いた黒人の男が人懐こく話しかけてくる歌だ。

三つあるんだと、男は言う。いまの自分にのこっているのは、その三つだけ。年老いた犬と、子どもたちと、ウォーターメロン・ワイン。年老いた犬はなぐさめてくれる。子どもたちはまだ人を憎むことを知らない。ウォーターメロン・ワインはどこにもいない友人のように優しい。

思いだす。もう一つ、スイカというおなじ音の言葉があったっけ。誰何《すいか》。あなたは誰。

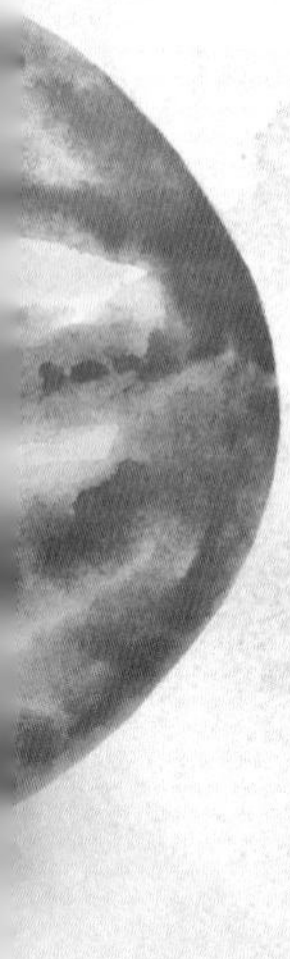

葡萄

ワインの葡萄《ぶどう》は、かたちをもつ果実としての葡萄とはちがうだろう。ワインの葡萄もまた、葡萄を母とし、葡萄として育つ。しかし、収穫されるや、果物としてでなく、ワインの葡萄という、かたちをもたない、独自の意味と時間をもつものとなってゆく。

ワインの葡萄というのは、ワインとして熟成されるなかで、独特の個性をもつ魔法のことばに変わってゆく。ワインを決するのは、葡萄の品種の名、国の名、地方の名、土地の名、ワイナリーの名、醸造された年号、そのワインにかかわることばすべて。

だから、最良のワイン、極上のワインについて言えば、知っているのはそれら

のワインについてのことばだけであって、不思議ではない。つとに聞くその名だけで、ことばだけで酔わせられるのが、最良のワイン、極上のワインの条件であるからだ。

ただドイツのワインの格付けにいうランクがいちばん下の、ターフェルヴァァイン（日々のワイン）もわたしの気に入りだ。特記することなしとされるワインだけれど、安くておいしいワインもまた、最良のワイン、極上のワインに負けず劣らず、ことばのワインだ。

いまは世界のあちこちからの日々のワインが、近くの店にもたくさんならぶ。知られないワインであっても、名乗りのことばをもたないワインはない。つくづくワインというのは、ことばなのだと思う。そしてワインの葡萄くらい、ことばになった果実はないと。

柿

あんぽ柿《がき》。慕わしい秋の果物。生まれて育ったのが、あんぽ柿の里として知られる町に隣りあう街だった。あんぽ柿は大きな渋柿の柔らかな干し柿だ。あのどこか官能的なと言っていいような、あんぽ柿の柔らかさ。

枯露柿《ころがき》とよばれる硬い干し柿とちがって、水分をたっぷりふくんで、秋の日の陽射しの匂いをのこす干し柿だ。色づき、色めく、柿色としかいえない艶やかさ。それでいて、遠い秋の思い出のように懐かしくて、素朴だ。

わからないのは、あんぽ柿のあんぽだ。どんな意味の言葉か、辞書になく、人に聞いてもわからない。ただ、昭和十年にでた平凡社の『大辞典《だいじてん》』という大きな辞書には、「アンポ。方言。お菓子。福島相馬地方」というのがある。

柔らかな渋柿の熟柿《じゅくし》が絶品のデザートになることを知ったのは、韓国ソウルでだった。秋になると、ホンシ（紅柿）とよばれるみごとな熟柿が、ソウルの街にいっせいに出まわる。地下鉄の階段をでた路傍でも売っている。

絶品のデザートというのは、そのホンシの薄い皮をそっと剝いて、まるっぽのまま冷凍し、カチカチに凍ったのを、レンジではんぶん溶かして供したものを、スプーンで掬って食べるのである。思うに、柿シャーベットこそ、ソウルの澄んだ秋の天上の味だ。秋空の窮《きわ》まる時分になると、きっとソウルの街を歩きたくなる。

あんぽ柿と、そして柿シャーベット。「日あたりや熟柿の如き心地あり」（漱石）。柿の味の深さは、うつくしい秋のきれいな空気だけがつくることができるのだ。

栗

秋になると思いだす不思議な句。「夜ル竊《ひそか》ニ虫は月下《げっか》の栗《くり》を穿《うが》ツ」松尾芭蕉の句。夜は栗名月とよばれる陰暦九月十三夜。その月光の下、栗を食べるごくごく小さな虫が、ひっそりと栗に穴をうがっている。

むろん想像の句なのだけれど、ふと人生の深い淋しさに思い当たったような、何とも言えない静寂感をたくみに表わした句、とされる。しかし、なぜ栗なのか。栗名月というのも、あくまで名月に対しての後の月のこと。

歳時記に曰《いわ》く、このころはもう寒く、風物もまたものさびてきて、名月を賞する心持ちとは、自ずから趣きがちがう、と。芭蕉にとってのみならず、栗は、優雅よりも無常を感じさせる、そういうものだったのだ。

栗名月だけでなく、たとえば栗石や割栗石というときも、栗石とは小石、石くれ、石ころのこと。割栗石とは砂利石《じゃりいし》のこと。栗という語には、優雅からほど遠く、どこか悲哀を感じさせるようなニュアンスが滲《にじ》んでいる。

栗のいがが包んでいるのは悲しみなのだろうか。いがぐり頭が競う夏の甲子園でも、勝っても負けても、ふさわしいのは涙だ。昭和の句においても、栗は悲しい。「栗食《は》むや若く哀《かな》しき背を曲げて」石田波郷の句。

だが、人生の無常というのは、いったい信じるに足るものなのだろうか。それは、たとえば大粒の栗が数個ごろんとかくされている、一さおの栗蒸し羊羹《ようかん》がくれる一瞬の幸福にすらおよばないものではないのだろうか。

レモン

レモン。漢字は檸檬。そして檸檬といえば、梶井基次郎『檸檬』。物語の私は、その日、京都寺町の八百屋で檸檬一つ買い求める。「檸檬など極くありふれてゐる」。だが、「一體《たい》私はあの檸檬が好きだ。レモンヱロウの繪具をチューブから搾《しぼ》り出して固めたやうなあの單純な色も、それからあの丈《たけ》の詰つた紡錘形の恰好も」。作家はそう記す。

瑕瑾《かきん》なき名作とされる『檸檬』だが、秘密は檸檬という漢字にある。それは実は、他にまずめったに見ない、難しい漢字なのだ。

レモンは明治以降の外来種。いまも漢語辞典には「檸檬《ネイモウ》。Lemonの音訳」とあるが、なぜレモンに、檸檬の日本語読みの音を当てて、レモンを檸檬としたのだろう。

最初の国語辞典とされる明治二十二年に出た大槻文彦『言海』ですら、レモン［檸檬］英語、Lemonと、「れ」の片仮名のところにあり、おなじ年、「レモン」の木は花さきくらき林の中に、と森鷗外も訳詩集『於母影《おもかげ》』にゲーテの「ミニヨンの歌」を訳している。レモンは人気の果実だった。『檸檬』が書かれた大正末期にはもう世に「極くありふれて」いて、レモンはレモンで、檸檬ではなかった。『檸檬』にはほぼおなじストーリーの習作の詩片があり、最初の一行だけ檸檬にレモンと振り仮名があって、あとはぜんぶレモンはレモン。それが『檸檬』になるや、すべて振り仮名のない檸檬になる。漢字畏《おそ》るべし。『檸檬』を稀有の傑作としたのは、檸檬という、きわめて稀有な漢字のレモンだった。

ミカン

ミカン箱。艶やかなミカンをぎっしり詰めたしっかりとした箱。むかしはがっしりとした木箱だった。店頭にミカン箱が積まれると、年の瀬が近づいたのだと知れる。

釘抜きで、木箱の蓋《ふた》の釘を抜く。木箱は粗い板だったから、気をつけないと棘が指に刺さる。木箱のミカンとともに年を越すのが、子どものころの冬の習慣だった。

木箱のミカン箱が愛された時代が終わるのは、この国のありようを一変した経済の高度成長の時代。新しく木箱にとってかわったのは紙の箱、ダンボール箱だ。しかし、箱の規矩《きく》は変わらなかった。ダンボール箱の基型《きがた》（A式）になったの

は、やっぱりミカン箱だったのだ。

あるとき、ミカン箱の夢を見た。眠った猫の入ったミカン箱を胸に抱き、わたしは、駅の自動改札口を通り抜けようとしていた。改札口を通るとき見ると、ミカン箱は空だった。

猫はどこに消えたのか。電車が入ってきて、席を見つけて、座って、膝に空っぽのミカン箱を乗せた。すると、そこに、たったいままでいなかった猫が、また眠っていた。

夢から覚めて、わたしは覚った。なぜミカン箱がわたしたちに必要な大きさの基型なのか。人が愛しいものを両手で抱きとれる大きさが、ミカン箱の大きさなのである。

果物のなかでもミカンだけだ。日々の暮らしに必要な大きさの単位として、ミカン箱という心の単位となる大事なことばをつくったのは。

ミカン箱。辞書にはないことばである。

あんこ

街の和菓子屋の店先に、季節をつげる新菓子の名の張り紙を見ると、ああ季節が変わってきたと感じる。

あずきを炊いて煮詰めるあんこ。果物同様、季節の感覚を親しく息するあんこだけれど、あんこのもとのあずきは豆だ。漢字は小豆。

あずきのような豆は莢果《きょうか》とよばれる。莢はさやだ。果は実だ。だから、豆も果実なのだが、豆は果物ではない。果実と果物はおなじでなく、果物は果実の一つだ。

果物は、明治の国語辞典『言海』は腐物《クダモノ》ノ義ニテ、熟スレバ腐ルルガ故ニイフト云としたが、今日の『大言海』は、その解を採らず、單ニ、くだものトモ云へバ、ソレニ別チテ、木に成るくだものト云フナリとしている。

おもしろいのは、『広辞苑』第六版。くだものの表記を「果物・菓物」と並記する。ずっと表記は「果物」だけだった。「菓物」は菓子、唐菓子《からくだもの》のこと。現在的なのは『新明解』だ。木の物の意。生のままで食べる果実のうち、主として食後に食べる嗜好品。甘いものが多い、と。そうして明解に、ただ「フルーツ」と。

果はというと、『字統』によれば、果という字は、木の上に果実のある形を象《かたど》ったものだ。果には、新しい生命を創造する力がある、とされる。結果は結実。また、果敢《かかん》の意により、その結果を果てという、と。

あずきは豆でも、あんこは果物と言ってもいいのかもしれない。ときどき空想する。どこかにたわわに葛《くず》まんじゅうやおはぎの実る木がないかなあと。

グレープフルーツ

わたしはグレープフルーツを食べていた。いつも明るい場所で。好きだったのは、中が薔薇色のグレープフルーツだ。覚えているのはそれだけだ。何も覚えていない記憶というのがあるとすれば、わたしにはグレープフルーツについての記憶がそうだ。

グレープフルーツを食べていたという、そのときの感じは鮮明に思いだせるのに、特定の具体的な記憶は、何一つ思いだせない。掌にはっきりとした感触があるのに、ほかのことは影もかたちもない。

グレープフルーツそのものの爽やかな感触、色、風合い、そして光が砕けてさっと飛び散ってゆくような香りの、言いようのない甘美さ。その、きわめて抽象

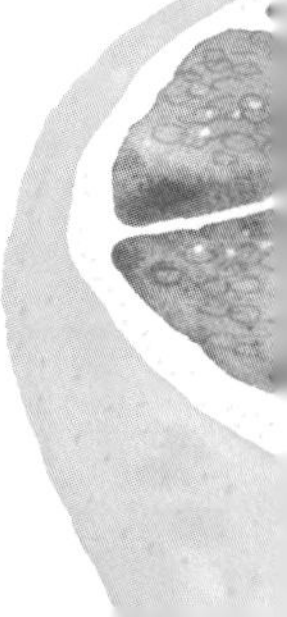

的でいて、きわめてなまなましい、そういう喩えができるのなら、微睡《まどろみ》のなかのキスのような、思いだそうとすれば忘れてしまうような感覚。

包丁で、すぱっと真っ二つに切って、すっとひろがる新鮮な匂いに誘われるまま、ふちにギザギザのあるグレープフルーツ専用のスプーンで、一房ずつ、房の壁をやぶかないようにして、注意ぶかく中だけをきれいに掬いとってゆく、束の間の快感。

グレープフルーツを食べることは、いまはまったくしなくなった。どうして食べなくなったのか、じぶんでもわからない。ただグレープフルーツを食べなくなってはじめて、わたしは知ったのだ。人生には何も覚えていない鮮明な記憶もあるのだということを。

バナナ

バナナがたくさんある穴のなかへ入ってゆく変な癖をもつ魚たちがいて、穴に入ると、二度と穴から出られなくなる。バナナを食べ過ぎてたちまち太ってしまうからだ。穴に入って七十八本、バナナを食べた魚もいた。

『ライ麦畑でつかまえて』の作家サリンジャーの出世作、バナナ魚（バナナフィッシュ）の話だ。バナナは皮を剝いて食べる。バナナの食べ方はただそれだけだ。食べたぶんのバナナの皮があとにゴミとしてのこる。ゴミだらけの穴のなかでバナナ太りするバナナ魚！

バナナにとって決定的なのは、だからバナナの皮なのだ。食べられるおいしいバナナと、食べられないみごとなバナナの皮と。

そんなバナナとバナナの皮の微妙な関係をえがいて、実におかしいのが宮沢賢治の唯一の一幕劇、ミュージカル『饑《き》餓《が》陣営《じんえい》』。

辛《から》くも全滅を免れた、飢えたバナナン軍団の兵士たちが、息もきれぎれに歌う。

「いくさで死ぬならあきらめもするが／いまごろ餓えて死にたくはない／あゝたゞひときれこの世のなごりに／バナナかなにかを　食ひたいな」

そこにみごとなバナナのエボレット（肩章）を飾ったバナナン大将登場。兵士たち「閣下の燦爛《さんらん》たるエボレットを拝見いたしたいものであります」。「ふん、よからう」。大将、バナナのエボレットを渡す。と、兵士たち、一箇ずつちぎって、おのおの皮を剥く。皮を剥かれたら、バナナのエボレットはただのゴミになってしまいます。バナナン大将愕《おどろ》く。「あっいかんいかん。皮を剥いてはいかんぢゃ」

梅の実

わが家の小さな白梅の木。隣の家、向かいの家には大きな紅梅の木。家々の並びのあちこちで、冬まだ去らぬうちにさりげなく花付けてゆく梅の木くらい、季節の気脈というべきものを、街の通りに親しく、確かに伝えるものはないと思う。

古くから、梅は愛されてきた。だが、我ガ邦ニ野生ナシ、紀、記ニ見エズ、と『大言海』にいう。それが万葉集の時代になると、もうこの国でなにより心寄せられる木の花になる。万葉集の梅は、ぜんぶ白梅。その清潔な白さは、いまでもなまめかしいほどだ。

梅の香が讃えられるようになるのは、万葉集のほとんどおしまいのころから。さらに、紅梅の紅の色が賞《め》でられるようになるのは、もっと後。「木の花は、梅の、

濃くも薄くも、紅梅」と言ってのけた、枕草子の時代になってかららしい。

しかし、うつくしさを讃えることばでは語られなかった梅のもう一つの真実を、一閃のことばで書きとどめて、「にげなきもの*」として後世に伝えたのも、清少納言だ。「歯もなき女の梅食ひて、すがりたる」と。すがりたるとは、酸っぱがっているということ。

梅の実の、その酸っぱい真実。その酸っぱさは、時代を下れば下るほど、ますます酸っぱくなってゆく。古今和歌集に「梅の花咲きてののちの身なればやすきものとのみ人の言ふらむ**」（巻十九）。さらに、江戸の俳諧《はいかい》ともなれば、ああ、「梅干じや見知つて居るか梅の花」（嵐雪）。あの「雪門の祖」の俳人にしてなおこの句ありだ。

* ふさわしくないもの

** 「やすきもの」の「や」は結びの「らむ」に係る強調。「すきもの」は「酸きもの」「好きもの」を兼ねる

ザボン

名は一つ。味やかたちがちがっても、産地を異にしても、おなじ果物であれば名は一つ、林檎《りんご》は林檎、梨《なし》は梨、桃は桃だ。けれども、ザボン。この南国の果物は趣きがちがう。

ザボンは文旦《ぶんたん》。おなじ果物で呼び名がちがう。ザボンは、もとはポルトガル語のザンボア。日本ではウチムラサキ（内紫）ともよばれたが、文旦はもとは台湾の表記らしく、台湾ではボンタン、日本ではブンタンだ。

ザボンは漢字は朱欒と香欒。ブンタンも文旦と文橙。とにかくさまざまな呼び名があって、いずれもおなじ果物であっても、呼び名がちがうと、受ける印象もまるでちがうのだ。

ジャボン。ザンボ。ジャボ。ザンボウ。ジャガタラミカンとも、トウ（唐）クネンボともよばれたりもしたらしい。明治の終わり、北原白秋創刊の伝説的な雑誌は「朱欒」という名だったが、読みはザンボア。いかにも白秋らしく、異国情調の滲んだものだった。

けれども、どこか清楚な色気を漂わせる、直径十七、八センチほどの柔肌のような果実にふさわしい呼び名は、やはりザボンだ。

「果實ノ形、甚《はなは》ダ大キクシテ、圓《まる》ク、扁《うす》ク、肌、細カク、黃ニシテ、綠ヲ帶《お》ビ、皮、白シ、瓤《ナカゴ》ノ色、淡紫《うすむらさき》ナルアリ、暗紅ナルアリ、香氣、多シ、味、甘酸ニシテ」と、ザボンについて、『大言海』の記述の、辞書にあるまじきほどの、なんとかぐわしいことか。

佳果に佳句あり。石田波郷の句。「乳房の辺 朱欒は剝けば紫に」。掌にそっとつつむと、仄《ほの》かに、やさしい匂いが立ちあがる。

トマト

ぜんぶ好きになった。何の留保もなく。たった一度の、幸運な偶然のおかげで。相手はトマトである。それまでトマトをおいしいと思ったことはなかった。それが、旅をして、ある朝偶然に、一杯のトマトジュースを口にして、すべてが変わった。トマトって、こんなに人をおどろかせる味のものだったのか。

どこまでも洗練されていて、どこまでも野性的。どこまでも新鮮であって、どこまでも熟成されている。そして、酸味がきれいだった。

野菜である果実で、果実である野菜。素材であって、完成されている。みごとな宝石のよう。それでいてきわめて身近なもの。

どんなうつくしい人も、肌のつややかさにかけて、トマトにおよぶことはなく、

どんなにかがやくジュエリーも、光をはじくかがやきにかけて、トマトにおよぶことがない。

それでもまだ、トマトのくれる真のおどろきについては、何一つ知らなかったのだ。トマトが厨房で一瞬にして、おどろくべき魔法をもつトマトソースに変身するのを知るまでは。

トマトはトマトにすぎない。日本語でも英語でも、ドイツ語でもフランス語でも。ところが、トマトを料理のいのちとするイタリアでは、トマトはトマトではないのだった。ポモドーロ（「黄金の果実」がもともとの意味らしい）なのだった。

人生をゆたかなものにするものは何だろうという、陳腐な問いを一蹴できるのは何だろう。ただ一つ、つやつやの、しっかりと、緑のへたのうつくしい、完熟したトマトだ。

オレンジ

オレンジは色だった。オレンジ色という色だった。最初に知ったのは果物であるオレンジでない。色であるオレンジだった。

色鮮やかでいて、どぎつくない。明澄な色であって、透明でない。どこででも見る色のようで、どこででも見かけるような色でない。オレンジ色がおのずと表わしているのは、原色とはちがう、「間色《かんしょく》」という色のあり方だ。

「間色」の「間」は「まじわる」の意。「青、黄、赤、白、黒などの原色を混ぜ合わせてできる紫、緑、橙などの色」（国語大辞典）「画面の調和を保つため、光の当たっている部分と影とを、柔らかくつなぐ色」（大辞泉）

そしてまた、オレンジは香りなのだった。オレンジがオレンジであるのは、ロにして知る味であるより先に、オレンジがそこにあるというだけで静かにひろがってくる、なんともいえない新鮮な、柔らかな香りによって。

どんな果物にもまず求められるのはよいかたちであり、よい歯ごたえであり、よき味であるだろう。けれども、オレンジはちがう。オレンジになにより求められるのは気もちのいい色、いい香りであるだろうから。

オレンジのもっともおいしいレシピはただ一つ。口づけるようにその色を味わい、その香りに思わず目を閉じる。オレンジ・ジュースだ、いつの世もオレンジの最高のレシピは。

問題は絞り方。英語のことわざに言う。The orange that is too hard squeezed yields a bitter juice. オレンジを強く絞り過ぎると苦いジュースになる。すなわち、過ぎたるは及ばざるがごとし。オレンジの真実である。

パイナップル

昔々、ある日のこと、森のはずれで、ウサギは、突然声をかけられた。「明日、競走しよう。森のはずれまで駈けてゆき、どちらが先にここに戻ってくるか」。ウサギにそう声をかけたのは、パイナップルだった。

競走の日、森は大騒ぎだった。カラスは喚《わめ》いた。「じぶんが走れないことくらい、パイナップル自身よく知ってるはずだ」。だが、コヨーテは、何も言わず、じぶんでは動けないパイナップルを、スタートラインまで運んでやった。

スタートの笛を吹いたのはサル。合図とともに、ウサギは跳びだして、すぐに姿が見えなくなった。パイナップルは……動かなかった。

森の動物たちは顔を見合わせ、それから、馬鹿なのはじぶんたちだと気づいた。

パイナップルは正直に競走したのだ。パイナップルは知っていたのだ。じぶんが歩くなんてできないと（ましてや走るなんて！）。

やがて、変わらぬスピードで、ウサギがゴールに戻ってきたが、パイナップルは変わらずそこに座っていた。森の動物たちはそこで、みんなして、そのパイナップルを食べたのである。

さて、次の2つの問いに答えよ。（1）動物たちはなぜそのパイナップルを食べたのか？（2）いちばん賢いのは誰だったのか？

かつて、北米ニューヨーク州高校共通試験にでて、奇問中の奇問として、インターネットを通じて、全世界にあっという間に広まって、話題を集めたのが、この問題。いまもパイナップルを見ると、きまって思いだすのがこの問題。

パイナップルがこんなに悲喜劇的な果物（！）だなんて、それまで考えたことがなかった。

柘榴

詩人高村光太郎を語る果物は、詩「レモン哀歌」のすずしく光るレモンだろう。しかし、彫刻家高村光太郎を語る果物はちがう。柘榴《ざくろ》だ。

詩集『智恵子抄』に、柘榴の詩はない。しかし、彫刻家である詩人が、木彫の傑作として遺した柘榴は、そう、「柘榴哀歌」とよばれていいような、彫刻としてのもう一つの「智恵子抄」の詩だったと思える。

「彫刻家・高村光太郎展」という展覧会（千葉市美術館）で、初めて光太郎作の木彫の柘榴を目の当《ま》りにした。ざっくりとした触覚をそのままに、ごつごつと刻みぬいた、粗々しい木のかたち。

三分の一ほど割られて、中身を生々しくのぞかせた柘榴は、七つほどの中の実

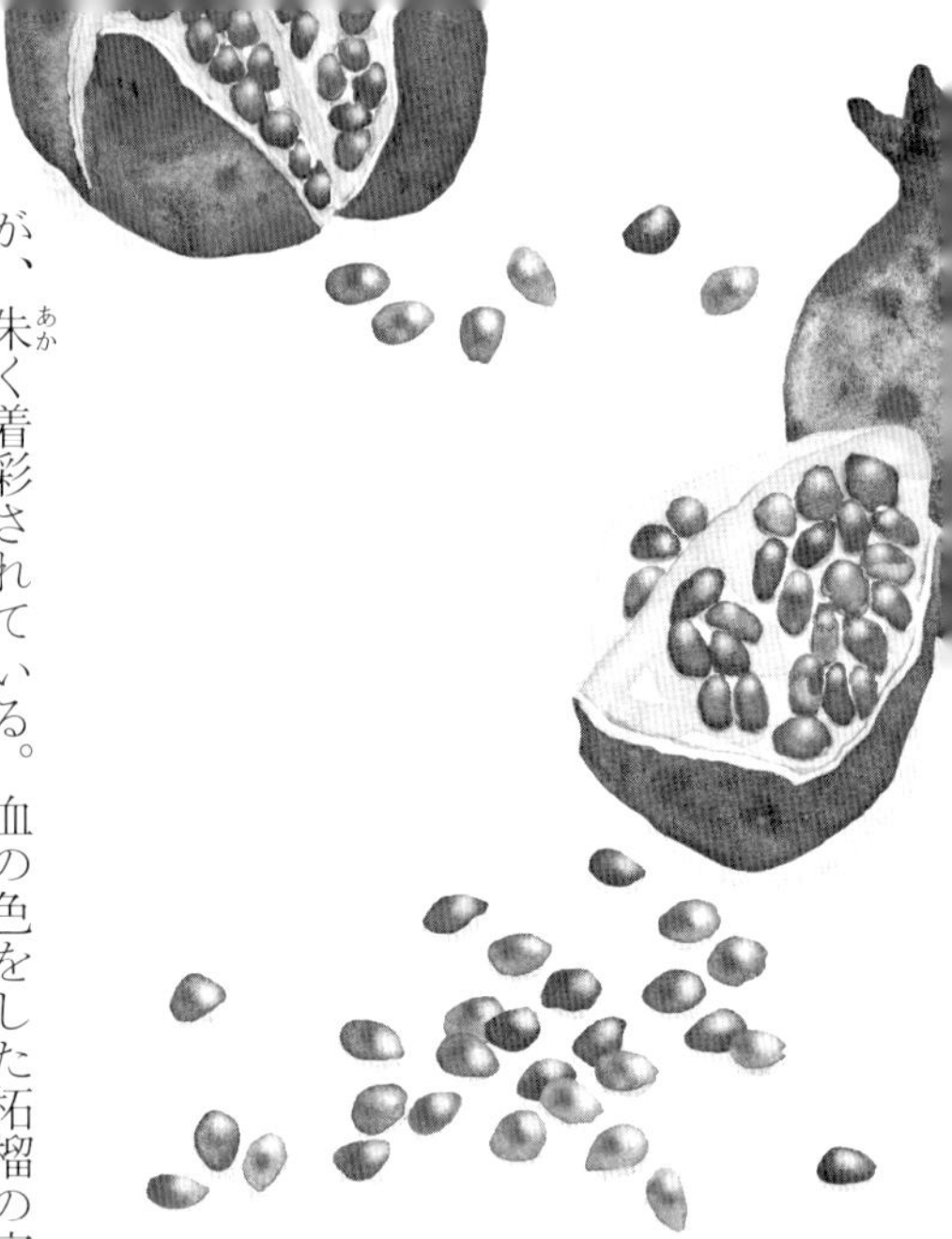

が、朱《あか》く着彩されている。血の色をした柘榴の実の色は、もう褪《あ》せてはいるがなお、どこか切実な色感をとどめている。

木の柘榴をつつむ袱紗《ふくさ》には、（光）と署名された、流れるような書き文字がうつくしい、清音のみのひらかなのうたが墨書きされている。

さくろの実
はなやかに
して
やゝにかし
このあちはひを
たれと
かたらん

胸突かれたのは、別室に同時に展示されていた高村智恵子の数多い見事な紙絵(切抜絵)のなかに、彫刻家の木の柘榴とおなじ構図のただ一枚の柘榴の紙絵を見たとき。複製ではわからないが、じつに微細に、精緻に切り抜かれた紙を貼りあわせた、智恵子の柘榴の「不可言の美」。

詩集『智恵子抄』は、詩人の一方的な詩だ。相聞の詩はない。しかし、木彫の柘榴と紙絵の柘榴とは、まぎれもない相聞の愛の詩だった。

梨

梨《なし》。それも、たった一個の梨である。

荷車いっぱいにみごとな梨を積んで、街の市にやってきた梨商人に、みすぼらしい老人が言った。「梨を一個恵んでくれまいか」「だめだ。邪魔だ」「幾百って梨を積んでいなさるのに、たった一個くらい恵んでくれたって損はなかろうに」「だめだ。邪魔だ」見かねた街の人が梨を一つ買って、老人にくれた。

老人は、梨を食べ終えると、梨の種子《たね》を土に埋め、熱い湯をかけた。すると、すぐに芽がでて、たちまちのうちに立派な梨の大木になり、枝々に大きなみごとな梨を実らせた。「みなさんで食べてくだされ」。そして、老人が姿を消すと、梨商人の荷車に幾百もあったはずの梨がぜんぶ、きれいになくなっていた。

もう一つ、これも、たった一個の梨である。

悪魔に見そめられた水車小屋のむすめが、悪魔に手を握られたくないと、じぶんの両手を切ってもらい、両腕を背中にしばりつけてもらって、日の出とともに旅だって、一日中歩きとおして、たどりついたのが、月明かりの下の梨の園。空腹のむすめは、梨の園に入り込んで、口でじかにかじりつく。

たった一個食べただけなのに、そこは王さまの梨の園で、王さまは梨の数を、毎朝きちんと確かめるのだ。翌朝、王さまは気づく。一個足りない！　一個だけと自分に言い聞かせ、たったの一個にかじりついただけだったのに、手のないむすめの運命は、こうして激変、思いがけない人生をたどることに。

一つは中国名代《なだい》の『聊斎志異《りょうさいしい》』の、もう一つはグリム童話の、いずれ劣らぬ名だたる奇譚《きたん》は、そう、なぜか一個のおいしい梨にはじまるのである。

メイプルシロップ

メイプルシロップは樹液で、果実とはちがう。だが、樹木からの贈り物としてということでは、果実とおなじだ。野性味をのこすその独特の甘味は、木立を渡ってゆく風の味がして、好きになるとくせになる。

一日に一度、真っ白なヨーグルトに注ぎかけて、サトウカエデの森の匂いを思いださせる味を楽しむのが、いつしか長い習慣になった。メイプルシロップをおいしいと初めて思った日のことは、はっきり覚えている。

北米ニューイングランド。明るい森のなかに小さな州が一つ収まっているようなヴァーモント州。カナダ国境がすぐそこの、どこまでもサトウカエデの木々のつづく、森のはずれの街道沿いのシュガーハウス。

ワインでいうワイナリーにあたるのが、メイプルシロップをつくるシュガーハウスだ。川に沿い、森をぬけて、点在するシュガーハウスを巡ってゆく旅は、空気が澄んで、日の光のやわらかな秋がいい。

メイプルシロップができるのは、冬と春とが交錯する、寒暖の差が一年でもっとも大きい時節の、わずか数日。サトウカエデの太い幹に小さな穴を開け、幹に吊りさげたバケツに流れ出る樹液を集め、きれいに煮詰める。

森の「春の歓び」とされる、そのメイプルシロップの真の味をおしえてくれたのが、森の木々の色づく葉群れ（foliage）が信じられないほどうつくしい秋のヴァーモントだった。

小さな罎《びん》のなかに、明るい大きな森がある。それがわたしのメイプルシロップ。

五味子

古来、韓国の人びとの日々の味覚に欠かせない果物の一つと言われる、五味子。オミジャと読む。

果物というには小さすぎる木の実だというその実を目にしたことはない。果物といっても、オミジャの本領は、秋に実を摘《つ》んで、秋の日によく乾燥させて、きれいに砕いて、粉末になってからの、名の通りの五つの味だ。

韓国の味覚の奥行きが、さまざまな混ざりあう微妙、繊細、複雑な調和にあるとすれば、皮の甘味、果肉の酸味、種子の辛味と苦味、そのぜんぶがかさなっての塩味と、五つの味をもつオミジャはまさにその申し子。

オミジャは水出しだ。オミジャ大さじ2杯を5カップの水に入れ、そのまま冷

蔵庫に一日置くと、ピンク色になる。それがオミジャ茶で、そのままで飲む。温かいオミジャ茶を飲みたいときは、一度冷たいオミジャ茶としてつくったものを温めて飲む。

そもそもは漢方薬の茶だ。店などでは、食事のあと、ハチミツを入れて甘味をくわえたり、梨を薄く切って入れたり、松の実を浮かべたりして、そのままデザートとしてでてくるが、高麗人参茶《こうらいにんじんちゃ》や棗茶《なつめちゃ》のように温かくして飲む茶とはちがい、冷茶として飲む。こうして甘くしたり果物を加えたりしたオミジャ茶はまた、花《ファ》菜《チェ》ときれいな呼び名でもよばれる。

オミジャ茶の、おどろくほどさっぱりとした飲み口と後口のよさが、けれんがなくて、オミジャという言葉の響きとともに、とても好きだ。もしどんな韓国がいちばん好きかと問われたら、わたしならまっさきに、オミジャ茶のおいしい韓国が好きだとこたえる。

落花生

落花生《らっかせい》はもともとの読みは（らっかしょう）だったらしい。明治二十二（一八八九）年の大槻文彦『言海』に曰く、「らくくわ志《し》やう。花ヲ開キ地ニ落ツ、一花、地ニ就《つ》キテ一果ヲ結ブ……炒《い》リテ皮ヲ剝ケバ、中ニ三四子アリ、淡褐色《たんかっしょく》ニシテ、形、味、香美ナリ」。

落花生という日本語のもとは英語のグラウンドナッツに由るものだったのだろうか。それが（らっかせい）となり、また南京豆《なんきんまめ》ともよばれるようになり、昭和の戦後にピーナッツと米語のままの日本語になって、それがいまでは普通になった。

時代とともに食べる趣向も変わってきたのも落花生である。最初のころは、蚕《かいこ》の繭《まゆ》に似た莢《さや》一つに二粒の実が入った生成《きな》りの、殻《から》つきピーナッツだった。それがいつか殻のない、香ばしく炒った一粒ずつの皮つきピーナッツへ。

さらには、有塩バターの匂いがノスタルジックな味わいを引き立たせる、アメリカ仕込みのペーストのピーナッツバター。くわえて、二十世紀後半、ピーナッツの名を高からしめたのはコミックスの、スヌーピーのピーナッツだった。

時代が変われば、落花生も変わる。さまざまな落花生の変化の極まりは、柿の種＋半欠けバターピーナッツ、日本が生んだ柿ピーだったのではないか。ただ一つ変わらなかったのは、なすすべもない無聊《ぶりょう》の時を刻む、ポリポリ、落花生を嚙む音だ。

ポリポリ。ピーナッツという英語には取るに足らないという意味もあるというが、落花生のポリポリが似合うのは、むしろ高邁《こうまい》な芸術にこそだ。「落花生喰ひつゝ読むや罪と罰」（高浜虚子）。むべなるかな。「ベートーヴェン聴くと掌に分け落花生」（中村草田男）。

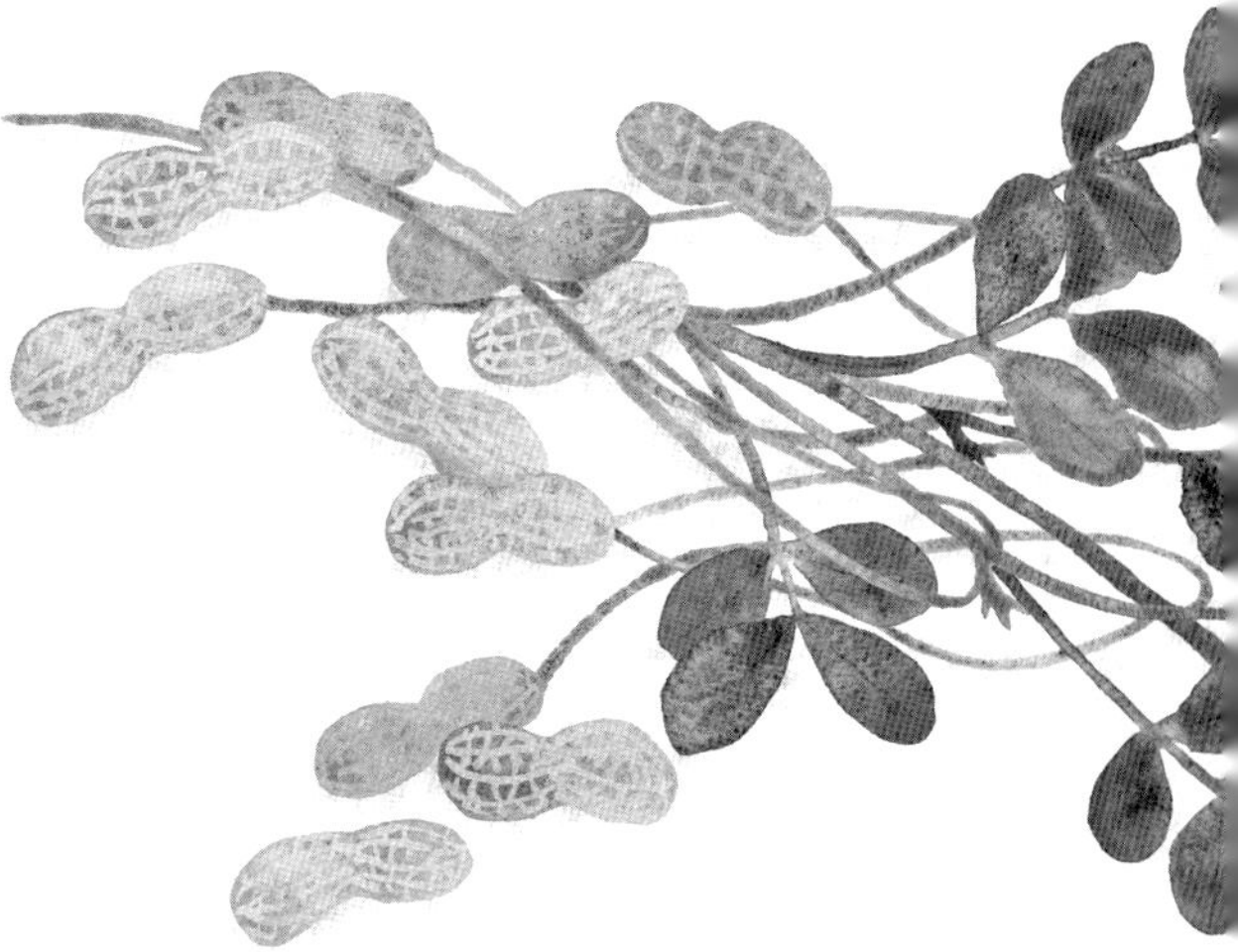

林檎

子どものころのわたしはとにかく風邪ひきだった。正月には正月の風邪をひき、春風がふくと春風邪をひいた。

風光る五月には五月の風邪。梅雨にも風邪。夏がきても、夏の終わりには、ひどい風邪にやられるのが常だった。

秋風とともにまた風邪をひき、天高くなってもしばしば風邪にやられた。晩秋、風邪をひいたら、もう冬が近いのだった。

風邪をひき、熱がでると、誰もいない部屋で寝床で静かにしているしかできない。よく眠って、たっぷり汗をかいて目をさますと、うそのように熱が下がっている。

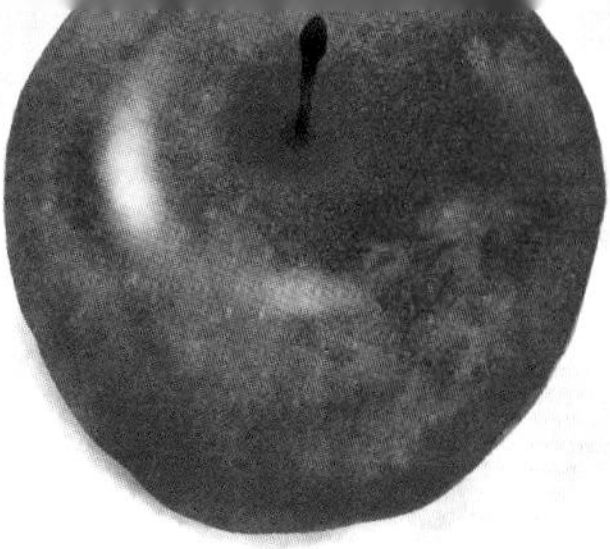

着替えて、乾いた下着の感触が気持ちよく感じられたら、もう大丈夫だ。最後に風邪にケリをつけるのは決まっていた。いつも林檎《りんご》だった。熱が下がったあと、母はかならず新鮮な林檎を擦《す》り下ろして、それをガーゼでくるんでギュッと絞って、コップ一杯の林檎のジュースをつくってくれた。

ミキサーもジューサーもまだなかった時代。母の手のちからはおどろくほど強く、手でしっかりと絞られた林檎のジュースは、飲み干すと、身体のすみずみまでに沁みわたってゆくような、至福の味だった。

大人になって風邪ひきでなくなったいまも、舌も喉《のど》も、風邪ひきだった子ども時代の、あのコップ一杯の林檎のジュースの味を忘れていない。

時代は乏《とぼ》しかった。しかし至福の味の記憶をのこすのは、むしろ乏しい時代である。

ことばの花実

オリーブ

夜の一刻をよい時間にする赤ワイン一杯にねがわしいのは、おいしい塩漬けのオリーブの実。熟する前に、まだ若いグリーンオリーブのうちに収穫して、塩漬けにしたもの。ただそれだけ。そうであって塩漬けのオリーブの実には、ワインの味わいをも左右するような独特の味わいがある。

脇役かと思えば主役。オリーブはそうなのだ。そもそものむかしから、いつでも果実であるとともに象徴。小道具であるとともにシンボル。そんな立ち位置をもつ果樹であって、子どものわたしがまず知ったのも、やはり象徴としてのオリーブだった。

未曾有の大洪水に襲われた世界で、生き物たちを乗せて漂流していたノアの箱舟に、生存の希望をもたらしたのは、ノアが放った鳩がくちばしにくわえて持ち帰ってきたオリーブの葉だ。昭和の敗戦後の季節に、この国で自由のシンボルとなったのは煙草だった。一番の人気は真っ青な紙箱入りの「ピース」（平和）という煙草。箱の表にデザインされていたのは、くちばしにオリーブの葉をくわえていた鳩だ。

けれども、オリーブの木、枝、葉、実が、この国でも実際の日々に身近に親しくなってきたいま、逆に、オリーブの伝えてきたゆたかな深まりと広がりのある象徴のちからは、ともすれば忘れられてきているのかもしれない。

案ずる夜には、赤ワインをもう一杯。塩漬けのオリーブの実をもう数粒。いまは酔うことはもとめない。よい時間をもとめこそすれ。

グリーン・トマト

トマトは赤いのである。だからはなから、グリーン・トマトは未熟なトマトとしか思わなかった。グリーン・トマトは緑なのである。トマトがトマティーヨとよばれるメキシコなどでは、トマトとはグリーン・トマトのことのようだ。緑のトマトがトマトなのである。

日本でも、桜の季節のころから、緑のトマトを店頭で見かけるようになったものの、店頭で見るかたちは赤いトマトと目立ってちがわないので、グリーン・トマトが赤いトマトとは身許《みもと》が全然ちがい、殻にくるまれて育つ殻つきトマトであるとは、ずっと知らなかった。

食べ方もちがう。身が固く、酸味がつよく、赤いトマトのように生食できないから、スライスしてフライにする。あつあつのうちに食べると、言いようもなく懐かしく、やみつきになる。そう、フライド・グリーン・トマトはきわめてささやかな至福の味なのだった。

フライド・グリーン・トマトのきわめてささやかな至福の味をひろく知らせたのは、『フライド・グリーン・トマト』という、その名のままの小説と映画だった。ささやかな至福の味を記憶にのこす、アメリカ南部、アラバマの小さな町が舞台の屈指の物語だ。

いかにもアメリカ南部ならではの料理の一つ。小説に付せられた、正真正銘のフライド・グリーン・トマトのレシピを書きうつす。

「トマトを約六ミリの厚さに切る。塩とこしょうで味をつけ、両面にトウモロコシ粉をまぶす。大きめのフライパンの底に行きわたるぐらいの量のベーコンの脂を熱し、トマトの両面がうっすら茶色になるまで揚げる。〈死ぬほどのおいしさ。食べたらそのまま天国へ行ってしまいそう！〉」（和泉晶子訳）

笹の葉

花でなく、実でなく、果物でも、食物でもない。それでいて、笹《ささ》の葉は、口福《こうふく》になくてはならないものだった。塩焼きの鮎《あゆ》に笹の葉。やまめに笹の葉。（鰯《いわし》の握りの）鮓《すし》に笹の葉。鮨の字でなく、古くからの鮓の字が、笹の葉には似合う。京豆腐に笹の葉。（東京なら）絹豆腐に笹の葉。焼き茄子《なす》（田楽味噌《でんがくみそ》つき）に笹の葉。和菓子なら生麩《なまふ》でこし餡《あん》を包み、すっきりと笹の葉で三角に巻いた麩まんじゅう。それから、笹ちまき。みずみずしい笹の葉から伝わってくる、季節の香り。

笹の葉のくれるのは、食べる時間の心細やかなゆたかさだ。笹の葉はクマザサの葉。けれども、笹の実となると話がちがってくる。

江戸時代の市井の人びとの、また村の人びとの暮らしの見聞を収集した『随筆辞典　衣食住編』（柴田宵曲《しょうきょく》編）によると、「竹（タケでなくササと読む）に実あれば、その竹必ず枯《か》るゝものなり。はやく伐棄《きりす》つれば、明年その根よりまた芽を出す。しかせざれば枯尽《かれつく》すよし」とあり、笹の葉とは正反対、笹の実は凶兆《きょうちょう》だった。

笹の実の成る年は恐るべき凶作の年。されど、「諸人皆飢《うえ》に臨《のぞ》まんとするに、天道人を捨て給《たま》はず」。おびただしく成った笹の実を、何十石と採り、粉にして炊《た》き、糧《かて》とし、味わいもよし。「竹に実あるは荒年《こうねん》の兆《きざし》なり。天の飢民《きみん》を救ふ事、偶然にあらずかし」と。

そうであればこそ、笹の実とちがい、笹の葉は吉兆なのだ。吉兆すなわち、平凡な日々是に在りということだろう。平和とは何だろう。すがすがしい笹の葉を、食卓のささやかな悦びにできることである。

にんにく

記憶というのは、自分でも自覚のないままに、全然ちがう話になってしまうことがある。吸血鬼について、わたしの記憶がそうだった。

わたしの記憶する吸血鬼は死者で、夜がくると美青年としてよみがえる。美しい吸血鬼を見ると、若い女たちは恋におちる。しかし、恋におちるや、女たちは美しい吸血鬼に抱きしめられ、生き血を吸われて、息絶えて、夜毎、次々に姿を消してゆく。

人の、それも若い女たちの、生き血を吸ってはじめてよみがえることができるのは、吸血鬼の宿命とされるのだが、奇妙なことに、吸血鬼は、にんにくを見ると立ち竦《すく》んでしまい、手も牙《きば》も出せずに、逃げだして、姿を消さなければならな

くなるのだ。

吸血鬼の怖い伝説をこんなふうに、にんにくがいきなり悲劇から笑劇にしてしまう。だから、吸血鬼はにんにくの物語の端役《はやく》にすぎないというのが、いつかわたしの吸血鬼についての記憶になってしまったのだと思う。吸血鬼ではない。にんにくこそ畏るべしだ。

端役のようなのに、その実、もっとも強烈な印象をのこす。そうした味覚の立役者であるのが、にんにくだ。いったい、にんにくぬきのペペロンチーノ・パスタなどあるだろうか。にんにくぬきのガーリック・トーストなどあるだろうか。にんにくぬきの餃子《ギョーザ》などあるだろうか。にんにくぬきのキムチなどあるだろうか。

好きなのは、ただにんにくだけの単独の味だ。すなわち、にんにくを金網でじかに焼いて、あつあつを食べる。そして血の色のワインを飲みながら、考える。いったい、にんにくぬきの人生などあるだろうか。

胡椒

味に固有の意味はない。味に意味をもとめるのは人間だ。

たとえば、シンガポール風アイスクリーム。粗く潰した胡椒《こしょう》の実を十個、朝から晩までミルクに漬けておいて、水気を切って、普通のアイスクリームにくわえる。それだけ。

けれども、食べると、胡椒の実がしっかり舌にのこって、甘いが、アイスクリーム（I scream 悲しく叫ぶ）であるような、胡椒の鋭い味が最後にのこるアイスクリーム（Ice cream）らしい。

サイゴン（いまはホーチミン）生まれアメリカ育ちの、ベトナム系アメリカ人女性作家の書いた物語にさりげなく書きとどめられてあった、亡命者として生きるものの心の痛みを感じさせるデザート。だが、なぜ、シンガポール風アイスクリームとよばれるのだろう。

あるいは、逆に、幸福そのものを味わわせてくれるような、どこまでも明るい気分になれる、もう一つの胡椒の味。

インペパータ。『イタリアン手帳』（岸朝子監修）から引くと、それは胡椒風味の蒸し煮で、イタリア語の胡椒（pepe）がそのまま転じて名になった、貝類の素朴な魚介料理。

「洗った貝をざっと鍋に放り込み、少量の水を加え、すぐさま蓋をして待つことしばし。貝の口が開いたらもう食べ時。たっぷりコショウをふって、彩りにはイタリアンパセリを」

貝はアサリか、ハマグリか、ムール貝。「貝を手づかみで、汁を逃さぬよう一気に味わおう。口いっぱいに広がる潮の香を、粒コショウがキリッと引き締める」。

胡椒の歴史は人間の歴史とおなじだけ古い。だから、忘れてはいけない。胡椒

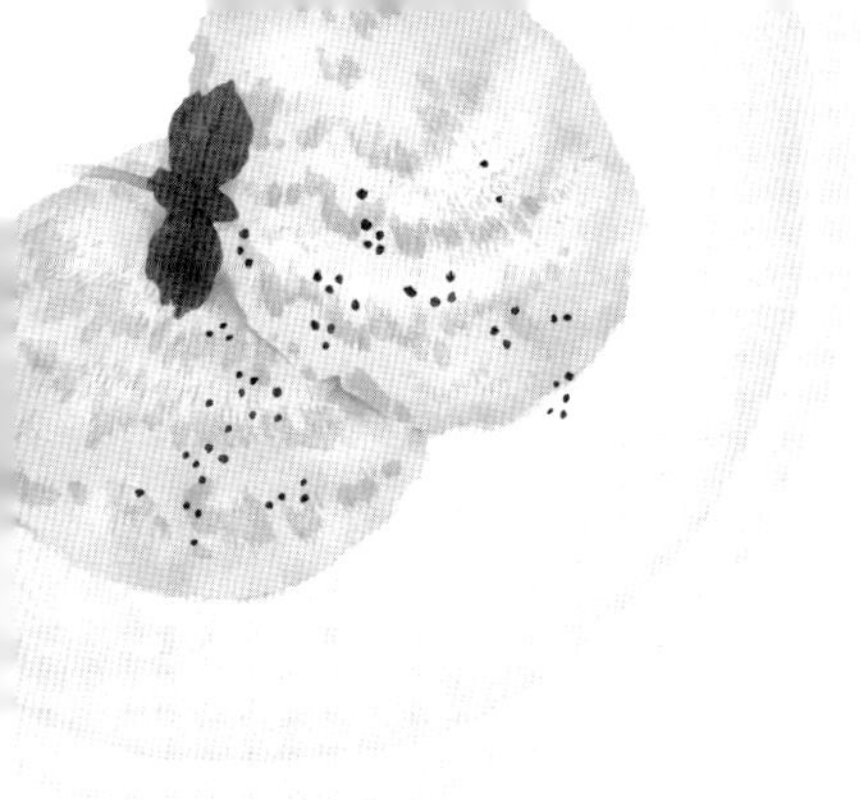

の効《き》かせ次第なのだ。人間の悲哀も、幸福も。

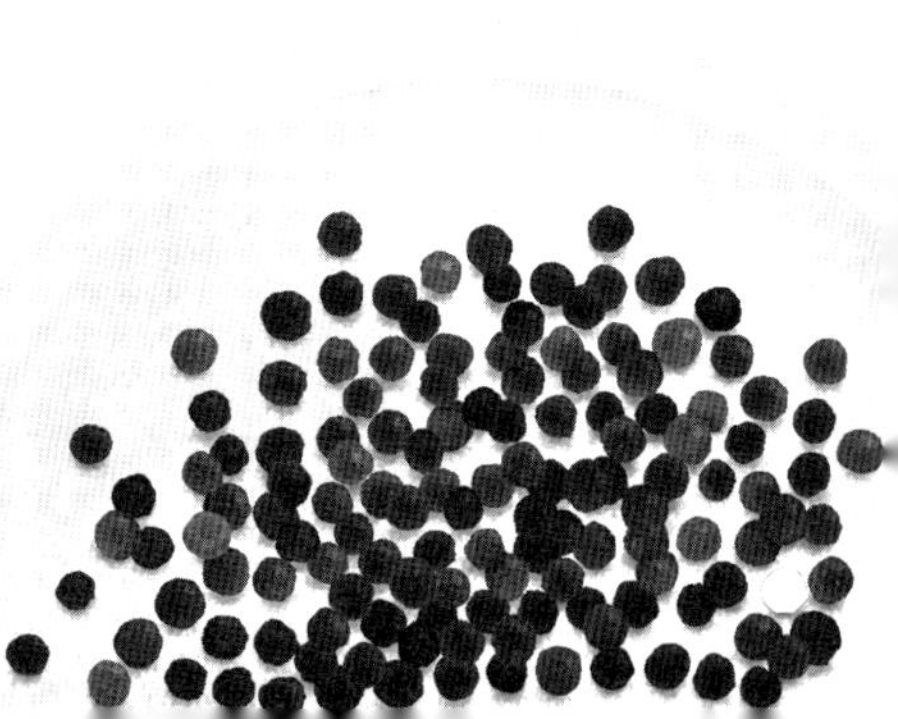

牡丹

棚《たな》ボタ。棚からボタ餅《もち》。このボタは牡丹《ぼたん》のこと。だから、ボタ餅は牡丹餅と書く。

牡丹は、花の王と称されるくらい美しさを誇る花。江戸時代に爆発的に人気を得て富貴《ふうき》の花と目されるに至ったとされ、立てば芍薬《しゃくやく》座れば牡丹といわれるほどに、美しさの規矩《きく》とされてきた。

「金屏《きんびょう》のかくやくとして牡丹哉」（蕪村）。金屏風《きんびょうぶ》にこそ似合う花なのだ。遊び事でも花札の花形の六月の花。唐獅子《からじし》牡丹や緋《ひ》牡丹の刺青《しせい》も、牡丹燈籠《どうろう》の怨念も、牡丹の花の豊麗さあっての凄《すご》きもの。

しかし、かなうものなき美しさがすべてであるかのようなその牡丹が、いったいどうして、おにぎり、いなり、茶づけのように、ごく平凡で、おいしいけれども、妖《あや》しさも凄さもない、いたって日常的なボタ餅の名にかなうものとなったのか。

「牡丹の形に似たるより牡丹餅と名附《なづけ》」と江戸の世事談綺《せじだんき》に（『大辞典』平凡社

による）。いまは牡丹餅とおはぎ（御萩）と二つの呼び名があるとの併記が普通だけれど、だからといって、棚からおはぎはふってこない。

外側をたっぷりと赤小豆《あかあずき》のあんこでくるんだ牡丹餅。その赤小豆のあんこの、平常の深い味わいを軽んじたら、きっと過《あやま》つ。

棚から牡丹餅という江戸のことわざは、よく知られるように、思いがけないよい運にめぐりあうこと。しかし、棚から落ちた牡丹餅という、もう一つの江戸のことわざはあまり知られない。意味は、「つぶれたぼたもちのように醜《みにく》い顔つき」（『故事ことわざ辞典』東京堂出版）。

棚から牡丹餅か、棚から落ちた牡丹餅か。今日のわたしたちはどっちの顔つきをしているだろうか。

茄子

大阪泉州《せんしゅう》に住む旧友が水茄子《みずなす》の浅漬けを送ってくれた。水茄子は泉州名産だ。名の通りたっぷり水をふくんだ、掌に一つ摑《つか》むのがやっとという大ぶりの、みごとな茄子。そしてその実の色のうつくしさ。

紺なのだが、濃い紫に近い青である紺のなかで、さらに紫の強いのが紫紺《しこん》。春の甲子園の優勝旗の色が紫紺だ。その紫紺よりもっとずっとダークで深くて渋いのが茄子紺とよばれる紺で、水茄子のつやつやと煌《きら》めく茄子紺は、まるで磨き澄まされた宝石のようだ。

とてもやわらかい。そのまま指で裂いて、きりっと生姜醬油《しょうがじょうゆ》で食べる。水茄子の味は、どう言えばいいか、無味の味というか、たとえば古刹《こさつ》の縁側に座って眺めるとなく石庭を眺めている一刻のような、静謐《せいひつ》な味だ。アクがない。咽喉に濁りのない水の味がのこる。

まさしく日本の味としか言えない水茄子だけれど、おなじ茄子でもまったくちがう茄子の味に舌を巻かされたのはイタリア、シチリアで。とにかくシチリアの料理に欠かせないのは、茄子なのだった。

茄子（メランザーナ）はシチリアの特産。形はおどろくほど長くでかく、色は日なたの風合いのまま、水分をあまりふくまない。だが、オリーブオイルとの相性が抜群で、茄子の食べ心地はどこか懐かしく、まさしくシチリアの味としか言えないと思ってしまう。

茄子はいまはどこにもあって、国境を越えてグローバルな食材と言ってもいいのかもしれない。そうでありながら、その品種、その料理法となると、それぞれにすこぶる地方的、特産的で、遠い郷里への記憶と愛着を誘いださずにいないのも、茄子だ。

賀茂《かも》茄子。民田《みんでん》茄子（一口茄子）。博多茄子。茄子と聞いて、まず思いだす茄子には、ふだん忘れている郷里の風景が隠されている。

唐辛子

鋭く赤く、鋭く辛く、刃物のような鋭いかたち。一口噛めば、心臓が跳びでるような辛さに、たちまち咳《せ》き込み、涙がこぼれる。唐辛子《とうがらし》はおそろしい味と、子どものころは思っていた。

そうでないと知ったのは、濃い緑色の、そこらの石ころみたいなかたちで、中

身はからっぽのピーマンが、全然辛くない唐辛子だと知ったとき。ピーマンだけではなかった。あざやかな色さまざまのパプリカもまた、全然辛くない唐辛子なのだった。

名がすごい獅子唐辛子（略して獅子唐）にしてもそう。その名に反して、全然辛くない青唐辛子だった。いまはそうした全然辛くない唐辛子を括《くく》って、甘唐辛子ともよぶらしいが、全然辛くない唐辛子の持ち味は、微かな辛みと後味の仄かな甘さ。

けれども、唐辛子というのは、あらためて見まわすと、ただ口福にとどまらない。この国の日々の暮らしの光景そのものに、気がつくといつも目の端《はし》に、風物詩としての彩りとアクセントをもたらしてきたのも、唐辛子なのだった。

唐辛子の白い花。緑の実。秋立つと深紅に色づき、目にうつくしい。たとえば、野辺の唐辛子。「うつくしや野分の後のたうがらし」蕪村。あるいは、畑の唐辛子。「とり入るゝ夕《ゆうべ》の色や唐辛子」虚子。あるいはまた、都の唐辛子。「鉢植に売るや都のたうがらし」一茶。

いや、季語であるだけなのではなかった。「かくさぬぞ宿は菜汁《なじる》に唐がらし」芭蕉。菜汁に唐辛子の簡素な膳。貧しさを隠そうともせず、尊いことだ、と芭蕉全句集訳注にいう。清貧の人への共感を示す吟であるとも。唐辛子はこの国で、哲学でさえあったのだ。

ハラペーニョ

北米はテキサス州南部、メキシコとの国境リオ・グランデ河に向かう、高速道路を下りた小さな町の、テックスメックス料理（テキサスとメキシコの混交する風土独特の地方料理）のレストランで、自分で車を運転して、北米大陸を走りつづけていたころのこと。

南テキサスを走ったら、試したかったのが本場の味は全然ちがうとされるチリ・コン・カンだった。粗挽《あらび》き肉と香辛料がたっぷり入った伝説の煮込み。タコスでなく、とびきりのクラッカー付き。それと、生のハラペーニョ（小さな緑の実の唐辛子）が二個。

チリ・コン・カンとハラペーニョ。そのどこか懐かしく牧歌的な響きのする名に惹《ひ》かれての、楽しみと期待の結果は、とんでもなかった。一口食べて、いきなり脳天にキーン。味なんか覚えていない。

それがどんな味なのかを知ったのは後になって、『テキサス・ハンドブック』(ローズマリー・ケント編著、相原まり子訳)という、読むとしゃっくりがとまらなくなる小冊子によって。

チリ・コン・カン。テキサス・チリを食べると、どうなるか。鼻汁が出る。涙が出る。虫歯がうずきだす。唇にやけどする。頬が紅潮する。額に汗が吹き出す。上顎《うわあご》がひりひりする。心臓がドキドキする。咽喉が痛む。呼吸が早くなる。ただしテキサス人であれば、このようなことはけっして起きないのだそうだ。

ハラペーニョ。天国に跳び上がるほど辛いこの小さな緑の実の唐辛子を、メキシコ人は天国の実とよぶが、テキサス人はテキサスのピーナッツとよんで、ポケットに二個いつも忍ばせるらしい。いわば人生のおやつと言わんばかりに。

真実はかく法螺《ほら》のごとし。法螺もまたおなじだ。

アスパラガス

食べることの不思議さの一つは、食べずに食べ、食べずにその味を堪能し、食べずにそのおいしさを記憶することができることだと思う。わたしにとって、アスパラガスがそうだった。

アスパラガスという忘れがたくなまめかしい不思議な野菜を、わたしがはじめて知ったのは、プルーストの物語『失われた時を求めて』のなかでだった。

アスパラガスを少年の目を通して、作家はあたかも絵を描くように記している。

「私が思わずうっとりしたのは、群青色とバラ色に濡れたアスパラガスを前にしたときで、その先端には薄紫色《モーヴ》と空色が細かくちりばめられ、一方まだ室《むろ》の土で汚れている根元の方に下がるにしたがって、地上のものとも思えない七色の虹で

少しずつぼかされてゆくのだった。こういった天上の色のニュアンスは、アスパラガスが実は美しい女たちであることを示しているように見えた。彼女たちは面白がって野菜に変身し、その食べられる引きしまった肉体の変装を通して、この生まれ出たばかりの暁の色、さっと描いた虹の図、青い夕べの色の消滅のなかに、貴重なその本質を見せており、私は夕食にアスパラガスを食べたあとまでその本質を認めることができるのであった」（鈴木道彦訳、集英社版、一九九六年）。

アスパラガスは春を告げる野菜といわれるが、はじめて実際に口にしたときのおどろきは忘れない。それはまさに、わたしが食べずに食べ、食べずにその味を堪能し、食べずにそのおいしさを記憶してきたもの、そのものだったから。アスパラガスは新鮮であればあるほど、遠い思い出の味がするのだ。失われた時の味がする。

もやし

もやしは天才である。もやしには、こわいものが何もない。世の中、経済の動向に一喜一憂するなか、もやしは、円高円安、株高株安、物価指数、何一つまったく問題としない。どんな状況にも、値段ともいえないような最安値を誇って譲らない。

そうであって、さして儲けになるとは思えないもやしが店頭から消えたことはない。信じられないような安値にくわえて、さらに信じられないのが、もやしのはかなさ。

光のない暗所で、水栽培されて、あっという間に育つもやしは、ある意味で一日かぎりの食材にすぎない。日もちしないから、冷蔵はしない。日光という殺菌作用をうけていないから、生で食べることはいけない。

けれども、そうしたはかないがゆえの障壁すらむしろ魅力にしてしまうのが、もやしだ。昔から身近だったと思われやすいが、ちがうらしい。もやしは、この国では一九六〇年代に麺の具として登場して親しまれるようになったのが始めらしい。

思いだす。当時大学生だったわたしが毎日のように大学界隈の店に通って食べた湯麵《タンメン》（それまでのラーメンとはちがう麵として登場して人気だった）の、しゃきしゃきとした新しい食感を。してみれば、あのしゃきしゃき感こそ、もやしがわたしたちの日常の食感にもたらした、ささやかな、しかし決定的な革命だったのだった。

もやしのもたらす、しゃきしゃき感。それは、もやしを使う料理の、最後のわずか十秒がもたらす奇跡だ。最後の最後に十秒間、もやしをさっと鍋に入れて、強火に通す。それだけで、その料理のすべてが変わる。やはり、もやしは天才である。十秒という時間の力を世界に知らしめた百メートル走のウサイン・ボルトのように。

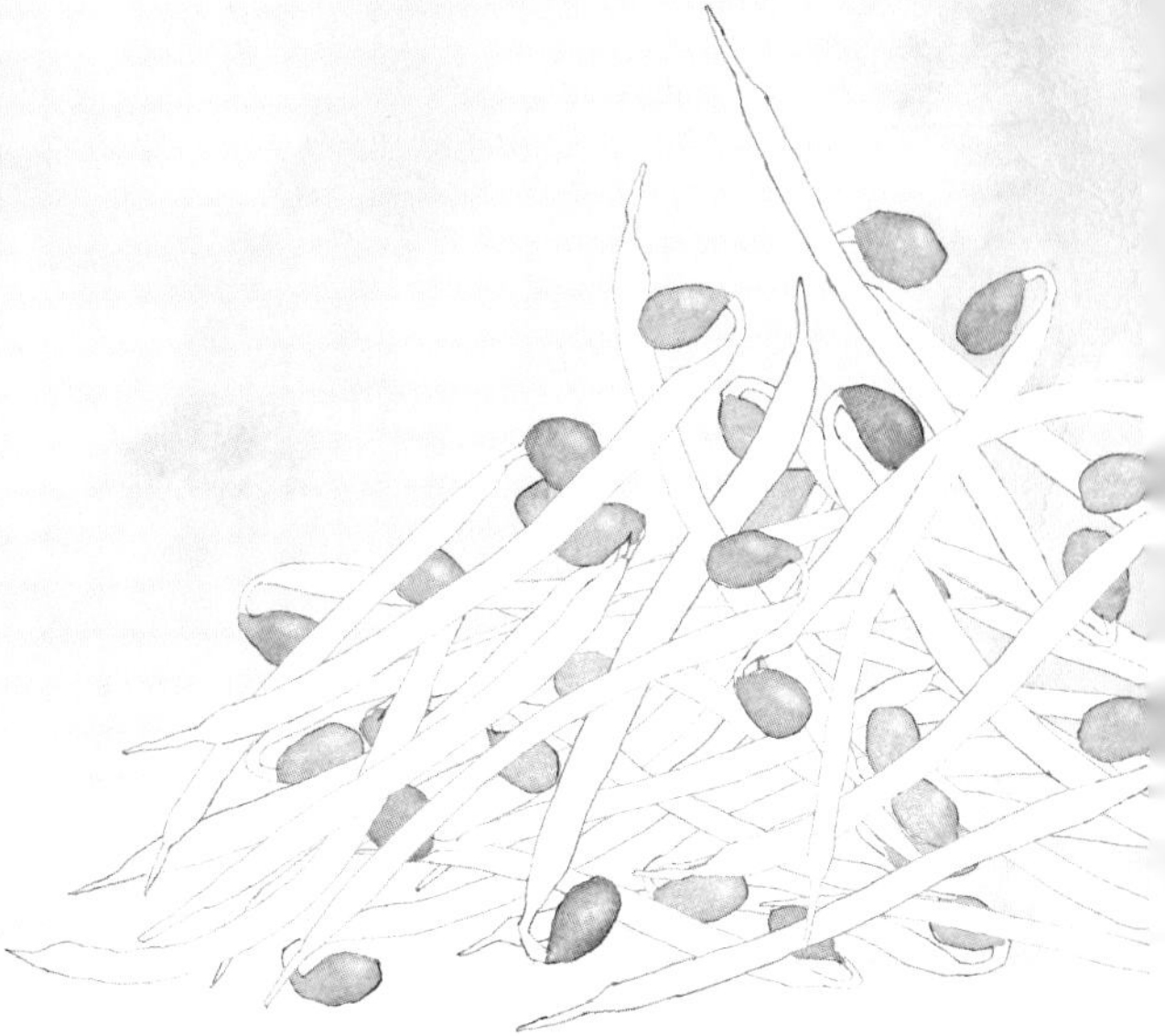

ふきのとう

昭和の戦争の終わり近く、幼かったわたしは親元を離れて一人、東北の山の温泉町に住む祖母の家に疎開して過ごした。祖母の家の裏は深い山につづいていて、祖母は毎日のように裏山を丹念に歩いて、きのこや山菜を摘んだ。物のない時代だったが、祖母の家の食卓がさびしかった記憶はない。

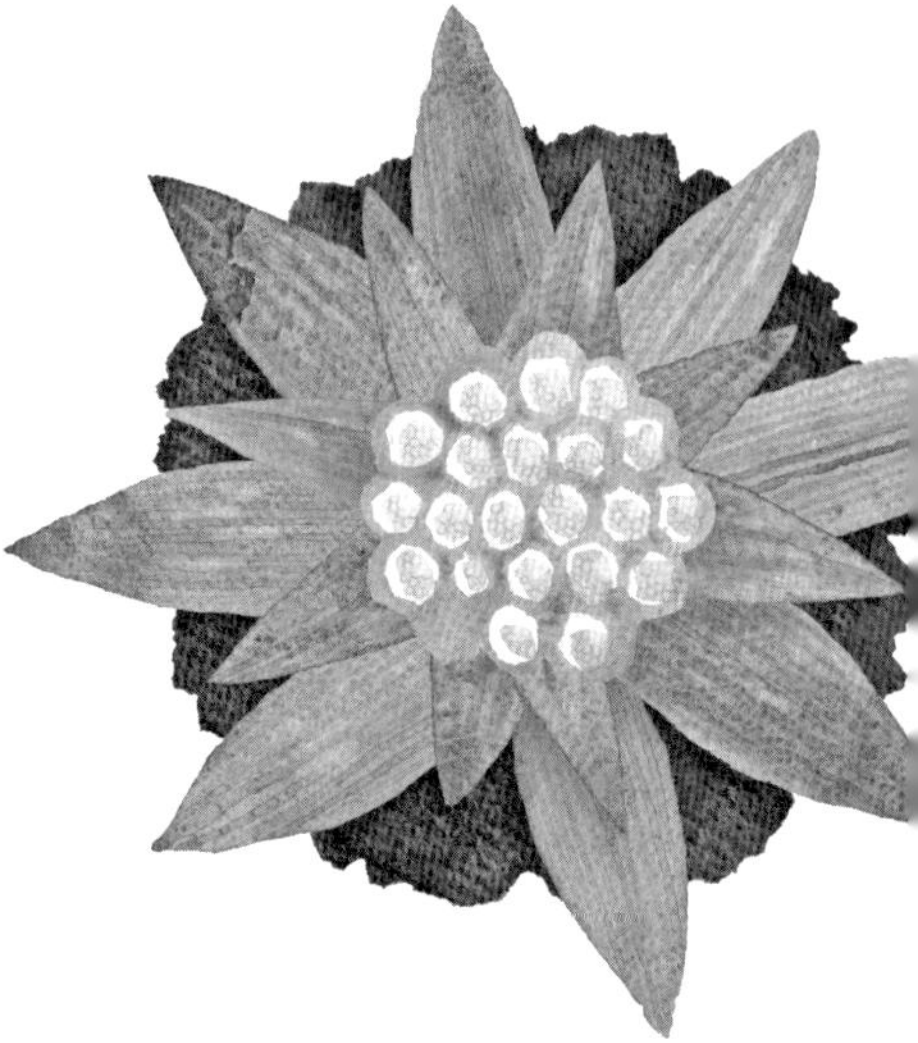

祖母の家には、火鉢と引き出しとが一緒になった長火鉢があって、黒光りのする鉄瓶が、いつも湯気を立てていた。ある日、祖母がその炭火の灰のなかから、熱い灰に埋めて焼いたものを掘り出して、「食べてみる？」と言った。朝に裏山で採ったばかりのふきのとうだと言う。食べると、何とも言えない味が、口の中にひろがった。

春の使者とされ、土の下からぽっこりディズニーの小人のように頭を出すふきのとう。そのふしぎな柔らかな苦み、苦さを「ほろ苦い、ほろ苦さ」と言うと知ったのは、大人になって後だ。

山菜の都とされる東北鶴岡生まれの藤沢周平の、隠居した武士のほろ苦い物語に、ふきのとうのでてくる早春の印象的な場面がある。

「川上の村落やそのうしろにそびえるまだ雪が残る山は、半ば霞にまぎれてその上に午後の日が気だるく照りわたっている。清左衛門はあまりの陽気のよさに誘われて、蕗のとうを摘んで鼻紙につつんだ。つくり方は知らないが、蕗のとうの味噌はちょっぴりほろにがい独特の風味が珍重される。里江にわたせば、その味噌をつくってもらえるだろうと思ったのである」（『三屋清左衛門残日録』）
幼い日に祖母が焼いてくれたときにはわからなかった、ふきのとうの味。雪どけとともに芽ぐむ小さな山菜の、何とも言えない味が思い起こさせる、人生の曰く言い難いほろ苦さ。
「探しあぐねし蕗《ふき》の薹《とう》かも己かも」（野沢節子）。春が巡りくるたびに思いだす一句だ。

辛味大根

立春を過ぎたころに、京都に仕事でゆくことが毎年つづいている。冬の名残りに春の気配がかさなる京都で覚えたのは、なにげない京都の料理にふっと息づいている季節の食感の、奥行きの深さだ。

懐石料理のような料理の芸術とは全然ちがう、ごくありふれた冬の日常の料理。通りを歩いていてふと気づくと、小さな店先に、冬限定という張り紙や幟《のぼり》が出ている。

御所に近いうどん屋の店先に、冬限定の霜ふりうどんの文字。自家製のうどんを酒粕《さけかす》の出し汁で、土鍋でぐつぐつ。その熱さにはっとして、よく使い込んだ土鍋の底の底まで、思わず啜《すす》ってしまう。

蒸し寿司。古い通りのしもた屋ふうの店の古いドアに、そっと冬限定蒸し寿司の張り紙。店内は古ぼけた椅子がたった六席。だが、待つことしばし、蓋付き丼《どんぶり》ででてくる蒸し寿司には箸《はし》がとまらない。

けれどもいちばんは、京都の冬のざるそばだ。京都でも指折りの名店でも、メニューにはない。ただ「冬の京せいろ　鷹ヶ峰《たかがみね》産辛味大根添え」と、座敷の壁の柱に一枚、細い張り紙に書かれているだけ。鷹ヶ峰は金閣寺の北。そこでつくられる辛味大根は、日本一のおろしそばの薬味として知られる。京都名代の伝統野菜だ。

京都以外ではほとんど見ない。鷹ヶ峰産の辛味大根は、かぶほどに小さく、先にねずみのしっぽのような長いヒゲがあり、そのヒゲを指に巻いてしっかり摺《す》り下ろすのだという。水分がほとんどなく、そばの風味、そばの風趣を濁らせない。

冬の京せいろは、江戸のせいろの倍近い量がある。気取りがない。ただただ、魔法のような辛味大根のおろしと、そばだけ。幸福とはかくのごときもの。つくづく人生は素《す》に尽きると思う。

納豆

朝は納豆があたりまえという土地柄に育った。毎朝、藁筒《わらづつ》（わたしの育った土地では藁苞《づと》と言っていた）につつまれたできたばかりの納豆を、納豆売りが近郊から街中に、自転車でらっぱを吹いて売りにきた。すこし温かみがあって、ほわほわとした味が好きだったが、子どものころにあれほど親しんだ温かなほわほわした納豆は、いまはもう思い出のなかにしかない。

それがまったく思いがけない場所で、子どものころに親しんだ温かなほわほわした納豆を思いださせる、やさしい納豆の味にふたたび出会ったのだった。それも韓国のソウルで、チョングッチャンチゲ（納豆鍋）という鍋料理で。

チョングッチャンチゲになくてはならないのがコチュジャン、テンジャンなど

とならぶ調味料の、チョングッチャン（清麹醤）とよばれる納豆味噌。茹でた大豆に枯草菌《こそうきん》をくわえ、藁を敷いた笊《ざる》にのせて、温かい場所で三、四日自然発酵させ、大豆が糸を引いたら、粗くつぶして丸い味噌玉にしておく。

味噌玉のまわりに納豆粒を埋め、円盤形のパウンドケーキみたいにしたのがチョングッチャン。納豆鍋は土鍋に豆腐や豚の薄切りやキムチやタマネギやズッキーニ、椎茸や長ネギやらを細かく切って入れ、必要なだけのチョングッチャンを溶かし込めば、出来上がり。

匂いが苦手とする人も少なくないが、食べ終わると忘れていた納豆の味を思いだす。日本の納豆はいつかどんどん冷たくなった。チョングッチャンチゲには、少年の日のあの温かなほわほわした懐かしい納豆の味がのこっている。

【解説】

「苺一粒ほどの奇跡」

落合恵子

あと数日で十一月になる。

食卓の上には、粗く編んだ籠に山盛りに入れたミカンが無造作にのせてある。その隣には庭から手折ってきたルリマツリの、たぶん今年最後になるであろうひと枝の花が。もともと盛夏に涼し気な透明感のある薄紫と水色をきれいな水で溶いたような淡い色の花をつけ、晩秋まで咲いてくれる常緑性の低木で、プルンバゴとも呼ばれている。

一方、ミカンは出始めは緑色が勝っていた皮がいま、わたしたちが「ミカン色」と呼ぶ暖かな色になってきた。オレンジの皮の色とミカンのそれは似ているが、やはりどこか違う。柿の色となると、さらに違う。色というのは不思議だ。果物の色は、その果物の名をそのまま借りて、「ミカン色」とか「柿色」などと呼ぶのが、もっともふさわしい気がしている。もっとも「葡萄色」と言っても、いまはいろいろな種類の葡萄があって、同じ紫と言っても漆黒に近いものもあれば、赤みを帯びたものもある。濃い紫の巨峰をはじめ、透明感のある緑が美しいシャインマスカット、デラウェア、ピオーネ、アレキサンドリア、甲州など様々で、「葡萄色」というひとことで括るのはきわめて難しい。どのような成り立ちで、本書『ことばの果実』（瑞々しいタイトルだ）が生まれたのかは知らないが、果実というのはなんと不思議で、奥深く、かつ哲学的な存在であることだろうか。言うまでもなく、ことばそのものもまた。

＊

「釘抜きで、木箱の蓋《ふた》の釘を抜く。木箱は粗い板だったから、気をつけないと棘が指に刺さる。木箱のミカンとともに年を越すのが、子どもの頃の冬の習慣だった」（「ミカン」の項）。同じ習慣が子どもの頃のわたしにもあった。

そうそう。新しい木箱の板で、何度指に棘を刺したことだろう。棘そのものも粗くて、抜きやすかったたが、セーターをひっかけるとおおごとだった。新しいセーターをおろした時に限って、「人が愛しいものを両手で抱きとれる大きさ」である、ミカン箱がわが家に届くのだった。宅配などなかった時代のこと。何便で届いていたのだろう。

『ことばの果実』を味わいながら、長田さんにお訊きしたいことがあった、と思いだす瞬間がある。

二〇一五年の秋に、本書が単行本として刊行された時、すでに長田さんはいらっしゃらなかった。その年の五月に亡くなっていた。従ってわたしの小さな質問は、いまもって宙に浮いたままであるのだが……。

目次をご覧いただきたい。「苺」から始まるそれ自体が、見事に実った果実のような芳香を、それ自体の節度をもって周囲に漂わせる果実たちだ。苺、甘夏、白桃、葡萄、柿、栗、柘榴、梨、五味子、林檎等は漢字で記されている。一方、スイカ、レモン、ミカン、ザボン等は片仮名で……。「番《つが》いのように二つにつながった」さくらんぼは、なぜ平仮名で記されるのか。苺は「イチゴ」や「いちご」ではいけないのか。

まだ店が開いたばかりの朝のカフェで、すっと背筋をのばした、「きれいに歳をとった女の人」。そのひとが、「左手の親指と中指で逆さに挿んで、黙ってじっと見つめていた」のは、やはり漢字の「苺」でなくてはならない気がしてくるから、不思議だ。それが、長田弘という詩人が「ことばの魔術師」と言われる理由であるに違いない。そうして、その魔術を通して、わたしたちは「朝採り苺一粒ほどの奇跡」を贈られるのだ。

わたしが長い間、それぞれの季節の中で読み返してきた長田さんの詩の一節を、その一日のはじまりに声にして読んでから、その朝いちばんのコーヒーを飲み、それからその朝一番の仕事にとりかかる理由もまた……。「朝採り苺一粒ほどの奇跡」や「今まで」と「今」と「これから」をつなぐ弾みのようなものがほしかったからに違いない。

朝採り苺一粒ほどの奇跡とは、今朝がたの夢に現れたひとからの、伸びやかな文字の手紙であったり、どこかにしまいなくして、半ば諦めていた書きやすい一本のボールペンであったり、最後の一枚まで書いて、さ、あとは送るだけと思って二分ほどして席に戻ると、消えてどこかに隠れてしまった原稿との再会等々。たくさんある。

次の「ことば」も初夏になると、必ず読み上げる一節だ。


「昔も今にかはらぬ人の心のつらさ、懐かしさ、悲しさ」を見つめることができるように、海を見にゆく。「あの青いところのはてにゐて　なにをしてゐるのかわからない」亡くなった人に無言の悼みをささげようとして、海を見にゆく。

いや、なんのためでもなく、ただ海を見にゆく。それだけでいいのだと、わたしは「海を見に」という詩に書いたことがあります。

その作品、『海を見に』は次のように始まる。

海を見にゆく。ときどきその言葉に内がわからふっとつかまえられて、よく海を見にいった。どこでもいいのだ。目のまえに、海が見えればそれでよかった。何もしない。じぶんが身一点に感じられてくるまで、そのまま、ずっと海を見ている。

そんなことばではじまる詩である。そうして、この詩は次のような言葉で終わっている。

一人の日々を深くするものがあるなら、それは、どれだけ少ない言葉でやってゆけるかで、どれだけ多くの言葉ででではない。

〔『なつかしい時間』(岩波新書)より〕

確かにわたしたちはことばを浪費し過ぎている。一日の終わり、ことばを越えた豊かさと深さを味わうことができるのは、「少ない言葉で」過ごすことができた日であるような。そしてそんな一日の終わりには、長田さんの『死者の贈り物』（みすず書房）の中の一遍を思う。

彼について、語ることは何もない。
自分について、彼は語ることをしなかった。
Have doneと言えることをしたことはないが、
そのことを、彼は後悔はしなかったと思う。
小さなもの、ありふれたものを、彼は愛した。
（中略）死ぬまえに、彼は小さな箱をくれた。
「大事なものが中に入っている」
彼が死んだ後、その箱を開けた。
箱の中には、何も入っていなかった。

何もないというのが、彼の大事なものだった。

この最後の一行を、というか、引用した行のすべてを、わたしは暗記している。しかし、なぜだろう。この数行を唇にのせるとき、まるではじめて出会ったかのような、心地いい衝撃、穏やかな動揺、古い価値がからからと乾いた音をたてて崩れていくような爽快感を覚えるのは。

＊

ことばって、何だと思う？
けっしてことばにできない思いが、
ここにあると指さすのが、ことばだ。

幸運なことにわたし自身が編集にかかわることができ、主宰するクレヨンハウスから刊行できた長田さんの詩画集『詩ふたつ』。その中の一遍、「花をもって、会いにゆく」の一節である。

春の日、あなたに会いにゆく。
あなたは、なくなった人である。
どこにもいない人である。

そんな書き出しで、グスタフ・クリムトの植物画をあわせた詩画集である。長田弘という存在を公的にも私的にも支え続けたおつれあいが亡くなった直後に刊行された『詩ふたつ』は、彼女に捧げられた作品である。あとがきで詩人は次のように記される。

一人のわたしの一日の時間は、いまここに在るわたし一人の時間であると同時に、この世を去った人が、いまここに遺していった時間でもあるのだということを考えます。
亡くなった人が後に遺してゆくのは、その人が生きられなかった時間であり、その死者の生きられなかった時間を、ここに在るじぶんがこうしていま生きているのだという不思議にありありとした感覚。（中略）心に近しく親しい人の死が後にのこるものの胸のうちに遺すのは、いつのときでも生の球根です。

ひとつひとつのことばがそれぞれの心を包み、同時に解き放ってくれる。長田さんのことばには、相反する柔らかな、けれど確かな力——包みこむ力と解き放つそれ——があるような。

これからもわたしは、めぐりくる朝ごとに、『ことばの果実』を丸かじりすることになりそうな予感がする。ことばにならないものへの思いをこめて。そして深い呼吸の仕方を思い出す。

二〇二一年十月二十五日

（おちあい・けいこ　作家、エッセイスト）

長田 弘（おさだ・ひろし）
詩人。1939年福島市に生まれる。63年早稲田大学第一文学部卒業。65年、詩集『われら新鮮な旅人』でデビュー。82年『私の二十世紀書店』で毎日出版文化賞、98年『記憶のつくり方』で桑原武夫学芸賞、2000年『森の絵本』で講談社出版文化賞、09年『幸いなるかな本を読む人』で詩歌文学館賞、10年『世界はうつくしいと』で三好達治賞、14年『奇跡—ミラクル—』で毎日芸術賞受賞。18冊の詩集を収めた『長田弘全詩集』『最後の詩集』。エッセーに『アメリカの心の歌』『私の好きな孤独』『アメリカの61の風景』『知恵の悲しみの時代』『読むことは旅をすること　私の20世紀読書紀行』『なつかしい時間』『本に語らせよ』など。ほか絵本、翻訳など著書多数。2015年５月永眠。

ことばの果実
潮文庫　お－１

2021年　12月20日　初版発行

著　者　長田　弘
発行者　南　晋三
発行所　株式会社潮出版社
〒102-8110
東京都千代田区一番町6　一番町SQUARE
電　話　03-3230-0781（編集）
03-3230-0741（営業）
振替口座　00150-5-61090
印刷・製本　株式会社暁印刷
デザイン　多田和博

ISBN978-4-267-02314-9 C0195